放課後の聖女さんが
尊いだけじゃ
ないことを
俺は知っている
JN020195

CONTENTS

メリーゴーランドは動き出し、
白馬に乗った聖良がとても嬉しそうにはしゃぐ。
パシャリ。
そのとき、大和はスマホのカメラで聖良の姿を撮影していた。
すると、気づいた聖良がピースを向けてくる。
パシャリ。
その姿をスマホに収めた大和は、とんでもない幸福感を味わっていた。
スロー ビデオ

倉木大和
Yamato Kuraki
新庄瑛太
Eita Shinjo
白瀬聖
Sayla Shir
環芽衣
May Tamaki
黒地に花柄の入ったロングワンピ
ヒールの高いパンプスを履くその
さながらパーティー会場を彩る令
そんな大人びた恰好をした聖良の
皆が動揺を隠せないでいる。

放課後の聖女さんが尊いだけじゃないことを俺は知っている

戸塚 陸

ファンタジア文庫

3085

口絵・本文イラスト　たくぽん

倉木《くらき》大和《やまと》

平凡で退屈な毎日を送る、ごく一般的な男子高校生。母親と二人暮らしで、家事はそれなりに得意。

白瀬《しらせ》聖良《せいら》

美しい容姿と神秘的な雰囲気で人を惹きつける美少女。周囲からは聖女と呼ばれている。

CHARACTER

人物紹介

新庄《しんじょう》瑛太《えいた》

ノリがよく、友達思いなクラスの人気者。彼のファンである女子生徒も多いのだとか。

環《たまき》芽衣《めい》

明るく気さくな小動物系女子。成績優秀で、クラス委員を務める優等生な一面も。

一話　聖女さんとの遭遇

倉木大和《くらきやまと》はその夜、聖女が実在することを知った。

時刻は午後十一時前。

コンビニを出た大和は肌寒さを感じながら、肉まんを口に頬張って歩き出した。

家の近所とはいえ、四月の夜にスウェット一枚で来たことを後悔し始めたところで、ふと見知った姿を見かける。

それは同じ高校に通う女子——白瀬聖良《しらせせいら》で間違いなかった。

暗い道中、もうすぐ高校生は補導対象になる時間帯だというのに、彼女は明らかに繁華街の方へと向かっている。

高校の制服ではなく、グレーのマウンテンパーカーに黒のショートパンツを合わせたオシャレな私服を着ていた。あの大人びた恰好《かっこう》なら補導の目もごまかせるかもしれない。

「……まさかな」

思わず独り言をこぼす。

つい一週間ほど前に高校二年生に進級した大和は、クラス替えで聖良と同じクラスになったばかりである。

そのため会話をしたことは一度もないが、彼女の噂話《うわさばなし》くらいは耳にしたことがあった。

どうやら彼女は特定の友人を作らない孤高な人で、その美しい容姿と特徴的な名前から、皆に聖女と呼ばれているらしい。

確かに、聖女という大層なあだ名がつくのも納得ができるほど、白瀬聖良は飛び抜けて美しい少女だ。

色素が薄めの灰色がかった髪を肩まで伸ばし、大きな瞳は凛《りん》としている。長い睫毛《まつげ》に、整った鼻梁《びりょう》、薄く形の良い唇《い》。それらが黄金比で揃《そろ》った端正な顔立ちと、雪のように白い肌、華奢《きゃしゃ》なスタイルが相まって、どこか幻想的な美しさを放っている。

けれど、彼女に飾った様子はなく、むしろ自然体でサバサバとした性格の持ち主なのだとか。そんなところもまた、男女問わずファンを生み出すきっかけになっているという。

その彼女が実は夜な夜な危険な遊びをしていようと、本来なら関わるべきではないだろう。なにせ、大和にとってはつい最近見知ったような相手なのだから。

それに、まだ彼女が非行に走ろうとしていると決まったわけじゃない。塾やアルバイトの帰り道の途中という可能性もあるのだ。

しかし、すでに大和は気になって仕方がなくなっていた。

普段の大和であれば、他者に深入りするような出来事は極力避けるものだが、このときばかりは純粋な好奇心が勝《まさ》った。

白瀬聖良がこんな時間に繁華街の方へと向かう目的を確かめたい。――心配するより先にそう思ったのは、淡い月暗かりに照らされた彼女の横顔が、やけに浮かれて見えたせいかもしれない。

先を歩く彼女に追いつくために、大和は小走りになって距離を詰める。

繁華街の入り口が見えたところで、ようやく聖良に追いつくと、大和は覚悟を決めて声をかけた。

「なあ、ちょっといいか？」

大和としては愛想《あいそ》よく話しかけたつもりが、緊張のせいでひどくしゃがれた声が出た。

そのことに大和自身が動揺している間に、聖良はふわりと髪を靡かせながら振り返る。

「えっと、何？」

街灯に照らされたその表情は、いつぞやに学校で見た姿と同じく冷めたものだった。けれど、大和を警戒している様子はない。

おかげで心に余裕が生まれた大和は、改めて聖良の容姿に見入ってしまう。

同い年とは思えないほどに大人びたその顔立ちは、やはり噂通りの美しさだ。

それに、どこか愛嬌《あいきょう》を感じさせた。きっと今の彼女は、敵意のような感情を一切持っていないのだろう。

これが本物の美少女というやつか、と大和は感動すら覚えた。至近距離で聖良の顔を見るのは初めてだったので、新鮮にも感じていた。

そうして数秒ほど、無言でまじまじと見つめていると、聖良は痺《しび》れを切らしたように視線を外す。

「用がないなら、もう行くね」

素っ気なく聖良は告げると、再び夜道を歩き出そうとする。

そんな彼女を引き留めるべく、大和は慌てて口を開く。

「いや、その……えっと、同じクラスの白瀬さんだよな。こんな時間に一人でどこへ行くつもりなのかと思って、声をかけたんだ。もしかして、家に帰る途中だったか？」

「ううん、これから街へ遊びに行くところ。家はあっちだよ」

進行方向とは真逆を指差す聖良はなぜか堂々としていて、取り繕うつもりなどまるでないようだった。

もしや小馬鹿にされているのではないかと思いながらも、大和はなんとか返答を試みる。

「でも、さすがにまずいんじゃないか？　この時間は物騒だし、補導をされたら困るはずだ。……俺としては、このまま大人しく帰ってくれると有《あ》り難《がた》いんだけど」

内心は緊張と不安でいっぱいのせいか、大和はつい説教じみた言い方をしてしまった。

本当はこんなことを伝えたかったわけではないというのに……。鬱陶しく思われたか、それともただ呆《あき》れられてしまったか。いずれにせよ、もう会話は終わるものだと思った。

「夜はこれからなんだし、固いことは言わないでよ」

けれど、聖良は全く気にも留めていない様子で、淡々と続ける。

「ていうか、きみも来る？」

「えっ？」

いきなり予想外のお誘いである。白瀬聖良は孤高な人だと思っていたので、まさに意表を突かれた形だ。

彼女が一体何を考えているのか。摑《つか》みどころのないその物言いから、彼女の真意を読み取るのは不可能かもしれない。

ただ、不思議とわからないことを歯がゆくは思わなかった。むしろ、好奇心をさらに刺激されたような気がした。

彼女が見ている景色はきっと、自分の目に映っている退屈な日常とは違うものだろう。

――そんな根拠のない予感が、大和の胸中に生まれていた。

しかし、こういった申し出を受けることに大和は慣れていないわけで。

「……けど、いいのか？　俺たち、まともに話したのも今日が初めてじゃないか」

いわゆる陰キャというものに分類される大和がまごついていると、それにも構わず聖良は飄々《ひょうひょう》と答える。

「でも、同じ学校の人なんでしょ。顔、見たことある気がするし」

「つまり、名前は覚えられていないってことだな」

「ごめん。人の名前を覚えるの、苦手で」

口では謝りながらも、聖良の調子は相変わらず淡々としたものだった。

そのどこまでもマイペースな様子を見て、大和は思わず笑ってしまう。

「あれ？　私、何かおかしなこと言った？」

「いや、そうじゃなくて。――まあ、わかった。俺も一緒に行くよ。その方が少しは安全だろうし。それと、俺の名前は倉木大和な」

誘いに乗るついでに大和が自己紹介をすると、そこで聖良がふっと微笑《ほほえ》んだ。

繁華街のネオンライトを背に浴びながら微笑む彼女の姿は、まるで後光が差しているようで、大和はつい見入ってしまう。

（確かに、笑うと聖女っぽいかもな。いや、本物がどんなものかは知らないけど）

その光景はとても尊いもののように思えて、聖女という存在を実感できた気がした。それになぜだか、胸の奥がじんわり温かくなった。

「じゃあ行こっか、大和」

彼女のハスキーな声が耳に届いたことで、大和は我に返る。

「ああ、そうだな」

同級生から初めて下の名前で呼ばれたせいか、大和の胸は大きく高鳴っていた。

◇

「うわ、なんかすごいな……」

きょろきょろと辺りを見回しながら、大和は声をもらす。

夜の繁華街はそこらじゅうが照明によって輝いていて、スーツ姿の酔っ払いにやたらとテンションの高い大学生たち、ガラの悪い客引きが路上を闊歩《かっぽ》し、とにかく賑《にぎ》やかだった。

制服姿の学生は当然ながら見当たらない。そういったところも含め、日中とはまさに、何もかもが別世界であった。

見慣れぬ光景を前にして挙動不審になる大和とは違い、先を歩く聖良は落ち着いているように見える。

「あんまりきょろきょろしない方がいいよ、面倒なのに絡《から》まれるから」

片手でスマホを操作しながら、聖良がさらりと恐ろしいことを告げる。

「いや、そうは言ってもさ……」

「ほら、こっち」

唐突に聖良が手を引いてきて、大和の鼓動は急激に速くなる。

それと同時に、触れ合う掌《てのひら》を意識した。

彼女の指先は細くなめらかで、そしてひんやりとしていた。

うるさいくらいに高鳴る鼓動を鬱陶しく思った直後、耳障《みみざわ》りな機械音がそれをかき消す。

驚いて顔を上げると、目の前にはゲームセンターがあった。大和たちが入り口に立ったことで自動ドアが開き、店内の機械音が外に漏れ出したのだ。

そのまま店内に入ると、夜中にもかかわらず、ゲーム機器が忙《せわ》しなく稼働《かどう》していた。

「ここは夜中も相変わらずなんだな」

呆れ気味に大和が言うと、聖良はきょとんとしながら小首を傾《かし》げる。

「そう? 平日のこの時間はだいたい空《す》いてるし、結構快適だと思うんだけど」

確かに客の数は少ない。だが、中高生や家族連れがいないぶん、派手な外見の大学生や暗い感情を抱えていそうな一人客の姿が目立って、大和《やまと》の胸中は穏やかではなかった。

それに客層だけの話じゃない。現在、大和にとっての一番の不安要素は、『店員』の存在である。店内に入ったときから、こちらを注意深く見つめてくる男性店員がいるのだ。

時刻はすでに補導対象となる午後十一時を回っていて、年齢確認をされたら一発アウトなこの状況で、大和の不安はピークに達しようとしていた。

──ぎゅっ。

そのとき、聖良《せいら》の指先に力が入る。未《いま》だに彼女から手を引かれたままであることを、大和はそこで再認識した。

ちらと視線を向けると、聖良とばっちり目が合う。

大きな瞳を瞬《また》かせ、何を考えているのか読み取れないポーカーフェイスのまま、聖良はゆっくりと囁《ささや》く。

「大丈夫。堂々としてれば、高校生だってバレないよ」

摑みどころのないその表情はなぜだか頼りがいを感じさせ、囁いてくれた言葉は大和の不安をすぐさま取り除く。

「快適、ね……」

彼女が大丈夫と言うなら、大丈夫なのだろう。

そんな根拠もない安心感が、大和の胸中を心地よく満たしていた。


それから二人はひと通りのゲームをプレイして回った。

シューティングゲームにレースゲーム、太鼓やダンスといったリズムゲームをプレイしたが、大和は聖良に一勝もすることができず、男としての面目は丸潰れ状態であった。

大和が得意と豪語した格ゲーに至っては、聖良の体力ゲージを一割も削ることができず……まさにひどい体《てい》たらくを見せてしまう。

半ば意地になりながら挑んだクレーンゲームでは、かろうじて大和も成果を出すことができたが、小さなパンダのキーホルダーを一つ取るのがやっとだった。

というように、ゲームの勝敗は散々な結果であるが、それでも大和は久々のゲームセンターを満喫していた。

聖良と一緒にゲームをすることが、純粋に楽しかったのだ。

それは対戦相手である聖良が常に全力だからかもしれない。ゆえに大和も燃えるのだ。

加えて堂々とした態度をとっているおかげか、店員が声をかけてこないのも楽しめている理由の一つだろう。

「――よし、また私の勝ちだね」

特に勝ち誇ることもなく、聖良は淡々と口にする。

こうして結局、最後にやることになったメダルゲームでも、大和は勝利することができなかった。決して大和のプレイが下手というわけではなく、聖良が上手《うま》すぎるのだ。

「聖女のくせにゲームが上手すぎだろ……」

ぼろっと恨み言をこぼすと、初めて聖良が眉をひそめた。

「私、聖女なんかじゃないよ」

「その呼び名、本人は公認していないんだな」

「当たり前じゃん。私が聖女とか、むしろ真逆だし」

そう語る聖良は拗《す》ねているようにも見えて。

ゲームでこてんぱんにされた鬱憤を晴らすべく、大和は少しからかってみることにした。

「まあ確かに、聖女が夜中にゲーセンはないよな」

すると、聖良はむくれるでもなく、何かを考え込むようにして腕を組む。

しばらくして考えがまとまったらしく、聖良は人差し指を立てながら異議を唱える。

「でも、経済を回してるって意味では、これも善行に含まれるのかも」

「いや、仮にそうだとしても、高校生がやるべきことじゃないだろ……」

「ま、別にいいんだけど」

素っ気ない態度で筐体《きょうたい》の前から去ろうとする聖良の姿を見て、大和はふと思った。

もしや彼女は、聖女と呼ばれることに悪い気がしていないのではないか——と。

「……けど白瀬《しらせ》さんって、見た目は聖女感あるよな。だから周りもそう呼ぶんだろうし。それに名前にも、『聖』って字が入ってるしな」

ちょっとした罪悪感から大和がフォローを入れると、聖良はスマホの画面を鏡代わりにして自身の顔を眺め始める。

「……んー、わかんないや」

けれど、数秒見つめて出た結論がそれだった。どうやら聖良自身はぴんとこなかったらしい。

「ぷっ」

そんな彼女を見て、大和はつい吹き出していた。彼女の仕草が、なんともシュールに見えたからだ。

笑われた当の聖良はしっくりきていないようで、不思議そうに小首を傾げている。

「大和って、変わってるよね。いきなり笑い出すし」

「いやそれ、白瀬さんにだけは言われたくないけどな」

「私って、変？　どの辺が？」

「そういうことを大真面目に訊いてくるところとかかな……」

「んー、謎だ」

本気で頭を悩ませている聖良に対し、大和は呆《あき》れながらもアドバイスをする。

「変人かどうかはさておき、白瀬さんはそのままでいいんじゃないか。今日みたいな夜中のゲーセン通いがバレない限り、学校の連中も今まで通りに接してくるだろうし」

学校では『存在そのものが尊い』などと言われている聖良だが、今の夜遊びをしている姿はその正反対に位置するものだ。周囲にバレれば、危険人物と思われるかもしれない。

ゆえに、軽く釘を刺す意味も含めて大和は口にしたのだが、聖良もその辺りの危機意識はしっかりと持っていたようで、

「まあ、バレるのはやばいよね」

苦い顔をしてそう答える聖良を見て、大和はホッと安堵《あんど》した。

「じゃ、そろそろ出よっか」

「もう帰るのか？」

名残惜しく思いつつ大和が尋ねると、聖良は首を左右に振った。

「まだ帰らないよ。行こ」

さらりとそう告げて、聖良は歩き出す。

どうやら大和たちの夜はまだまだ続くようだ。


時計の短針がてっぺんを越え、日付が変わった頃。

すでにゲームセンターを出てからしばらく経《た》っていたが、大和たちは未だに街中を歩いていた。

先導する聖良から行き先を聞かされていないため、まさしく路頭に迷っている気分である。

そうして歩き回ること数十分。ようやく辿《たど》り着《つ》いたのは、先ほどのゲームセンターから五十メートルほど離れた位置にある、大手カラオケチェーン店だった。

「だいぶこの辺りをぐるぐるとしてたけど、本当にここでいいのか？」

実は行き先が決まっていなかったのではないかと思い、大和は尋ねたのだが。

「うん、ちょっと道に迷っちゃって。いつもは地図アプリを使うんだけど、ゲーセンにいるときにスマホの電池が切れたみたいでさ」

「へぇ……ちょっと、ね」

どうやら道に迷っていただけらしいが、数十分もの時間を『ちょっと』で片付けるのは違う気がする。

ゲームセンターへ向かっている最中に彼女がしきりとスマホを眺めていたが、あれは地図アプリを利用していたというわけだ。

てっきり彼女は夜の街へ来るのに慣れているのかと思ったが、その認識を改める必要があるかもしれない。

それに、この辺りは大和たちが通う学校のすぐ近くだ。いくら夜中とはいえ、本来は道に迷うことなどないはずだが……もしかすると、聖良は極度の方向音痴だったりするのだろうか。

(今さらだけど、この人についていって大丈夫なのか……?)

本当に今さらながら、大和は聖良に対して不信感を抱き始めていた。

そんな大和の心配が届くはずもなく。派手な照明に彩《いろど》られたカラオケの店構えを前にしても、聖良は臆することなく中へ入ろうとする。

「って、ちょっと待ってくれ！　さすがにここへ入るのは無謀じゃないか?」

ぐいと聖良の肩を摑《つか》み、大和は必死に引き留める。

なぜなら、まずこういった施設では会員証の提示を求められるだろうし、それを出せば年齢がバレてしまうからだ。

会員証を所持していない場合は、代表者が客リストに年齢を書き込む必要があり、その際にサバを読めば疑われて、身分証の提示を求められる可能性が高い。

ここを訪れる前の大和であれば、それでも聖良ならなんとかすると考えたかもしれない。

けれど、彼女に対して不信感を抱く出来事があった直後である。

ゆえに大和は引き留めたわけだが、聖良はポケットから一枚のカードを取り出すと、それをかざして得意げに言う。

「平気、姉さんの会員証があるから」

「聖女さん……」

容姿が聖女っぽいぶん、逆にその悪行が際立《きわだ》つものの、当の聖良に悪びれる様子は一切ない。

ここで引き留めるだけ無駄だと判断した大和は、大人しく後に続くことにした。

ロビーに入ると、気怠《けだる》そうにしていた男性店員の顔が一瞬で引き締まる。おそらく、聖良の美しい容姿を見て眠気が吹き飛んだのだろう。

手続きは聖良に任せるとして、大和は端に用意されたパイプ椅子に腰掛け、遠目にその成り行きを見守ることにした。

初めに聖良が会員証（姉名義）を提示したので、年齢を疑われている様子はない。

さらさらと慣れた手つきで聖良が記入欄を埋めると、店員が「二名様、会員料金でフリータイムですね」とハキハキ口を動かす。

これからカラオケオールをするのだと大和は知り、気持ちが昂《たかぶ》るのを感じた。

あとは個室に移動するだけかと思った直後、聖良がちょいちょいと手招きをしてきた。

大和が自身を指差し「俺？」と口パクで尋ねると、聖良は頷《うなず》きながら手招きを続ける。

「……行けばいいんだろ」

おずおずと彼女の隣に向かうと、店員からの視線をやたらと感じた。どうしてこんなに冴《さ》えない男がこれほどの美少女と一緒にいるのかと、疑問に思っているのかもしれない。

このロビーは昼白色の照明を使っていることから、ゲームセンターとは違って相手の顔がよく見える。そんな場所で注視されれば、高校生であると見抜かれてもおかしくない。

加えて、大和《やまと》の顔立ちはお世辞にも大人びているとは言えないわけで。

服装もスウェットシャツにデニムパンツといったラフな恰好《かっこう》だし、ここで少しでも不審に思った店員が年齢確認をしてきたら、一発アウトである。

というわけで、不安いっぱいの大和は冷や汗をダラダラと流しながら、今にも吐きそうな気分で俯《うつむ》いていたのだが。

「――ねぇ、聞いてる？」

そこで聖良《せいら》に声をかけられて、大和はびくりと肩を震わせる。

緊張のあまり話を聞いていなかった大和は、隣に視線を向けたところで固まった。

明るい室内で間近に見る聖良の顔がとても綺麗《きれい》で、思わず見惚《みと》れてしまったのだ。

きめ細やかな柔肌は雪のように白く、涼やかなその表情が凛《りん》とした顔立ちをより美しく際立たせている。

本当に美人だな、と。彼女の顔を眺めながら、大和は改めて実感していた。

「大和?」

聖良が不思議そうに小首を傾《かし》げたことで、大和はハッと我に返る。

「ごめん、聞いてなかった。もう一回言ってもらってもいいか?」

「飲み物はどれにするかなと思って。あと、なにか食べたい物とかある?」

「それじゃ、コーラで。あんまり腹は減ってないし、食べ物は特にいらないかな」

本音を言えば、緊張のせいで喉に固形物が通る気がしなかった。飲み物もメニューの中で目についたものを適当に選んだだけである。

「わかった。——飲み物はコーラとジンジャーエール、それに山盛りポテトと明太《めんたい》マヨピザ、お好み焼き串も。あとえびせんを大盛りで」

「俺の話、聞いてたか……?」

「聞いてた聞いてた」

「まあ、一人で食べきれるなら文句はないけどさ」

そうしてオーダーを終え、二人は個室へ移動することになった。

平日の深夜だというのに店内の混み具合はなかなかのようで、廊下を歩いていると、ところどころから叫び声にも近い歌声が漏れ聞こえてくる。

個室の場所はロビーから一番距離のある角部屋で、大和がホッと安堵したのも束《つか》の間《ま》、扉を開けて愕然《がくぜん》とする。

狭い。あまりにも狭すぎるのだ。四畳半の室内にL字のソファとテーブルとカラオケ機器が詰め込んであるため、互いに気を付けなければ足がぶつかってしまうほどである。

あの店員が嫌がらせのつもりか、あるいはサービス精神を働かせたのかはわからないが、角部屋なのに空いていた理由がわかった気がした。

「お、ツイてるね。めっちゃ狭いじゃん」

ところが、聖良にとっては喜ばしいことだったらしい。その反応が意外すぎて、大和はきょとんとしてしまう。

「どうしたの？　早く入ろうよ」

そんな大和にも構わず、聖良は平然と中に入るよう促す。

「ああ、そうだな……」

ひとまず部屋に入ると、そこは予想以上に狭かった。奥の方に大和は座ったのだが、聖良との距離がとても近くに感じられる。

「――わっ⁉」

そこで素っ頓狂な声を上げたのは大和だ。

というのも、テーブルの下で聖良と足がぶつかってしまい、彼女の柔らかなふくらはぎの感触やぬくもりが伝わってきたからである。

今や大和の心臓はばくんばくんと大きく高鳴り、再び変な汗が全身から噴き出していた。

ドギマギしつつも横目に見ると、彼女は気にする素振りもなく「どうかした?」と尋ねてくる。

(白瀬《しらせ》さんは全然気にしていないんだな……。やっぱり、俺が意識しすぎなのか?)

室内が暗いおかげで、互いの表情は読み取りづらい。

そのため、緊張していることをごまかせると考えた大和は足を引っ込めてから、「なんでもない」と素知らぬ顔で答えた。

「そっか。それで、どっちから歌う?」

リモコンをいじりながら、聖良が呑気《のんき》な調子で尋ねてくる。

なんとか気持ちを落ち着かせた大和は、答えるついでに気になったことを訊《き》いてみることにした。

「えっと、白瀬さんから先に歌っていいよ。――というか、お姉さんの会員証なんかでよく乗り切れたな。お姉さんって、歳《とし》はいくつなんだ？」

「ハタチだよ。今年で二十一歳になるけど」

「ほんと、よく乗り切れたな……」

「ここってそういう確認が緩めだから。会員証さえ出せば、多少はサバを読んでもバレないんだ」

リモコンからは目を離さずに、聖良は淡々と答える。

高校二年生が二十歳であると主張することが、果たして『多少のサバ読み』に当てはまるのかはさておいて、結果良ければ全て良しである。少なくとも大和はそう納得した。

「なら、部屋が狭いことを喜んだのはどうしてだ？」

「狭い方が音を拾うから、自分の歌が上手《うま》く聞こえるんだよ」

「なるほど……」

ピッ、と。疑問を解消したところで一曲目が入る。

それは大和も知っているボーカロイドの曲で、思わぬ選曲に驚いた。

「これって……」

「知ってるんだ。これ良《い》いよね」

聖良は嬉《うれ》しそうに言ってから、イントロが流れ出すとともに画面に向き直る。

リズムを刻むように小さく揺れる彼女の横顔は、とても生き生きとして見えた。

静かに始まったAメロとともに、聖良の歌声が室内に響き渡る。

瞬間、大和の全身にぶわっと鳥肌が立った。

少し低めな彼女の歌声は耳に心地よく、自然と大和までリズムを取り始める。

Bメロに突入してからはアップテンポに変わり、すぐさまサビに入る。

情感たっぷりな彼女の美声が空気を痺《しび》れさせたような気がして、歌が終わったところで大和は拍手を送っていた。

「あはは、ありがと」

照れくさそうに聖良は礼を言う。

もうこれで満足だ……と充足感に浸る大和だったが、聖良の視線が自分に注《そそ》がれていることに気づいて、再び冷や汗が噴き出すのがわかった。

「い、いや、俺は遠慮しておくよ。あんなすごい歌を聴かされた後じゃ、恥ずかしくて歌えないし。だから今日は、聴く方に徹したいというかだな……」

「私は聴きたいよ、大和の歌」

真顔で彼女が言うものだから、大和の中で縮こまっていた気持ちが奮い立つ。

今なら歌える気がする。

――そう思ったが、その前に。

「……ちょっと、トイレに行ってもいいか？　戻ってきたら、ちゃんと歌うから」

「うん、いってらっしゃい」

そう言って聖良は立ち上がり、入り口のところで壁に身体《からだ》を寄せる。

「わざわざありがとな」

礼を言って大和が部屋を出ようとしたところで、彼女とのすれ違いざま、ふわりとイイ匂いがした。

「大和」

「はいっ⁉」

てっきり彼女の匂いにドキドキしていたのがバレたのかと焦《あせ》ったが、どうやらそうではないらしい。

聖良は鞄《かばん》からデオドラントシートを取り出すと、それを大和に手渡してくる。

「これ、よかったら使って。結構汗をかいているみたいだし」

「あ、どうも……」

これまた真顔で言うものだから、嫌味には感じないが、大和は気恥ずかしく思いながら個室トイレに駆け込んだ。

借りたデオドラントシートで全身を拭いて、気持ちを落ち着かせる。

そこでふと冷静になって、自分の現状が普通ではないことに気づいた。

学校では聖女なんてあだ名で呼ばれている女子と、平日の深夜に二人でカラオケを訪れているのだ。

平凡で退屈な日常を送っていたこれまでの自分からは、想像もできないことである。

まさに非日常と言うべき状況だが、こんな特別な出来事は、きっと一夜限りの幻に違いないと、大和は確信めいた予感を抱いていた。

だからこそ、貴重なこの夜を楽しまないのは損だと思った。

気持ちが高揚《こうよう》しているおかげか、疲れや眠気は全くない。

この高揚した感情をそのまま歌に乗せれば、どれほど気持ちがいいだろうか。想像するだけでワクワクしてきた。

「よしっ」

自らを鼓舞するように声を出し、大和はこの夜を楽しもうと決めてトイレを出た。

角部屋に戻ると、頼んだ料理とドリンクが届いていた。

「おかえり」

出迎えついでに聖良が立ち上がり、大和は奥の席に戻ろうとする。

「あ、イイ感じ」

「おかげさまで……」

すれ違いざまに、匂いをチェックしたらしい聖良《せいら》は嬉しそうだ。もしかすると、彼女は匂いフェチなのかもしれない。

大和《やまと》が席に着いたところで、聖良は「じゃ、食べよっか。いただきます」と言い、テーブルに並んだ料理に手をつけ始めた。

「わざわざ食べずに待っていてくれたんだな、ありがとう。——俺もちゃんと、お金は払うから」

そう断りを入れて、大和も料理に手を伸ばす。

少し冷めてしまっている明太マヨピザを口に運ぶと、思っていたよりもずっと味付けがしっかりしていて美味《おい》しかった。

「さて、じゃあ俺も歌うとするかな」

リモコンに手を伸ばして、一昔前に流行《はや》ったメジャーソングを入れる。

「あ、これ知ってる」

ピザを頬張る聖良が興味を示したことで、大和のモチベーションはさらに上がる。

大和がカラオケで歌うのは、中学時代のクラス会に参加した日以来だが、そのときとは比較にならない声量で、気合い十分に歌い出した。

——……

そうして大和は歌い終わり、ふぅとひと息つく。

生まれて初めて、恥ずかしがることなく人前で歌った気がした。今まではあまり上手くないからと、周りに遠慮ばかりしていたのだ。

歌っている最中はとても気持ちが良くて、いつからかずっと胸の内に渦巻いていたモヤモヤのようなものが晴れた気がした。

ぱちぱちぱち、とそこで聖良が拍手を送ってきた。

照れながら「どうも」と大和が礼を言うと、聖良はふっと優しく微笑《ほほえ》む。

「いいじゃん、かっこよかったよ。それじゃ、次はデュエットしよっか」

「ああ！」

それから二人は、夜が明けるまで歌い続けた。

まさにノンストップ。気の向くままに、各々《おのおの》が好きな曲を歌う。

時にはデュエットソングでもないのに、聖良が乱入してくることがあって、それが大和は嬉しかった。


そうして時間はあっという間に過ぎていき。その終わりを告げたのは、受付からの終了十分前を報《しら》せる電話だった。

「——はい、わかりましたー」

ガチャリ、と受話器を置くなり、聖良は大きく伸びをする。

「もう終わりか。——って、確かに五時を回りそうだな」

「うん。それじゃ、出る準備をしよっか」

特に感慨もなく、聖良はあっさりと帰り支度を始める。

そのことを大和は少し寂しく思いながら、席を立つ。

「だな。もう喉がガラガラだ」

「ふふ、叫びまくってたもんね」

「久々だったから、ついな」

「あー、だから最初はガチガチだったんだ」

「やっぱりそう見えたか……」

「まあね」

こうして彼女と交わす他愛ない会話も、今は尊いもののように思える。

部屋を出るなりロビーへ向かい、大和は感謝の気持ちから、二人ぶんの料金を支払おうとする。

けれど、「そういうの好きじゃないから」と聖良に軽く断られたことで、結局は割り勘になった。

店を出ると、すでに空は明るくなり始めていた。

早朝に見る街の景色は昼とも夜とも違っていて、どこか閑散《かんさん》としている。

スーツ姿で歩く大人は険しい顔つきをしていて、これから始まる一日の前準備をしているようだ。

明日――いや、今日も学校が平常通りにあるのが信じられないくらいである。

それに、皆が目覚めるよりも少し早い時間帯に、自分は一日を終えようとしている感覚がとても不思議で、大和にとっては特別なもののように思えた。

この感覚を共有している相手が隣に立っているのが、この上なく嬉しくて。

充実しているな、と大和はしんみり思えた。

「ねぇ、牛丼でも食べに行こうよ。外寒いし」

さらりと聖良に誘われて、大和はニヤつきそうになる口元を必死に隠す。

「そうだな、行こうか」

彼女の言う通り、四月の朝はまだ寒々としている。

一緒に牛丼屋へ入り、朝定食の味噌汁《みそしる》を口に含んだら、身体の芯からほっこりと温まった。

朝定食を食べ終わってから外に出ると、寒さは幾分か和らいでいた。

今回遊びに誘ってくれた聖良に対して、感謝の気持ちをどう伝えればいいのか、大和は思い悩んでいた。

直球でありがとうと伝えるのは簡単だが、それをすれば、彼女との関係は本当に終わってしまうような気がして。

けれど、そうやって躊躇《ちゅうちょ》をしている間に、前方を歩く聖良がくるりと振り返った。

「じゃ、また学校で」

あっさりと別れを告げて、聖良は小さく手を振る。

「えっ、ああ」

反射的に相槌《あいづち》のような返事を大和がすると、聖良は振り返らずに帰っていった。

「はぁ……」

自然とため息がこぼれる。

もっと言いたいことや、訊《き》きたいことがあったはずなのに、言葉が上手《うま》くまとまらず、ちゃんと伝えられないのがもどかしかった。

彼女は『また学校で』と言ってくれたが、もう話すことはない気がする。

そのことを惜しみながら、大和は帰路に就いた。

二話　変わり始める学校生活

「――やば、寝過ごした！」

大和が目を覚ましたのは、正午を回った頃だった。

あの後、家に帰ってから一時間は眠れるだろうとベッドに入ったらこのザマである。

倉木《くらき》家は大和と母親の二人暮らしであり、その母親は朝早くに出勤することが多い。そのため、朝は目覚まし時計だけが頼りなのだが、慣れない徹夜明けの身体《からだ》には効果がなかったらしい。

ちなみに、昨夜のことは友達の家に泊まると事前に連絡を入れておいたので、母からのお咎《とが》めはナシである。その辺りは抜かりなしだ。

今から学校に向かってもすでに手遅れであるが、このままサボるという選択肢は大和の中にはなく。準備を素早く済ませて、急いで家を出た。

そうして、自転車を漕《こ》ぐこと十分。

いつもの急な坂道を下ると、大和が通う都立青崎《あおさき》高校の校舎が見えてきた。

あの聖女——白瀬《しらせ》聖良は、ちゃんと登校しているだろうか。彼女も徹夜明けなのは同じだし、もしかしたら欠席しているかもしれない。

(あの人と学校で話すことはないだろうな。他の生徒もいるわけだし)

などと考えている間に校門を抜けて、駐輪場に自転車を停《と》める。

なんとか昼休み中に到着することができたので、他の生徒たちに紛れながら教室まで向かい、後方の扉からこっそりと中を覗《のぞ》く。

すると、賑《にぎ》わう教室に一人、窓際《まどぎわ》の席で頬杖《ほおづえ》を突く白瀬聖良の姿が目に入った。

黒を基調としたブレザータイプの制服も、彼女がきっちりと着こなすとオシャレに見えて、スカートからすらりと伸びる白い太ももが眩《まぶ》しい。

彼女の周囲だけは空気感が違っていて、誰も近寄ろうとはしない。涼しげなその横顔の邪魔をしないよう、皆があえて距離を置いているのだ。

つまりは、孤高な美少女という普段の姿がそこにあるだけだった。

ゆえに、大和は静かに落胆した。やはり昨夜のことは夢か幻か、はたまた彼女の気まぐれだったのだろうと思ったからだ。

(なにを期待しているんだか)

いつまでもこの場に留《とど》まっているわけにもいかないので、大和は教室に入ることを決心する。

できる限り存在感を消しながら、そっと教室の中へ。

廊下側の後ろから三番目の位置にある自分の席に座ると、それに気づいた一人の男子生徒が「あれ？」と大げさに反応を示してから近づいてくる。

「おーっす、もしかして重役出勤ってやつー？　倉木くんもやるなー」

軽いノリで声をかけてきたその男子は、やたらとイケメンだった。

彼の名前は新庄瑛太《しんじょうえいた》。明るい茶髪に愛想《あいそ》の良《い》い顔、見た目通りの陽気な性格と、おまけに百八十センチはある長身ときて、クラス替えからまだ一週間しか経《た》っていないというのに、すっかりクラスのリーダー的ポジションにいる男子だ。当然モテる。

ところが現在、恋人はいないようで、なんでも養護教諭——保健室の先生に片思い中なのだとか。そんなことを大声で堂々と語るところも含めて、大和《やまと》は彼が苦手だった。

「いや、その、ちょっと寝坊してさ。ははは……」

ゆえに、大和は精一杯の作り笑いを浮かべて応対する。

「あるあるー。オレも動画とか見ちゃって、つい朝は起きられなくなるんだよなー」

「そうそう、そんな感じでさ」

「けど、昼に登校ってすごいな。オレだったら絶対休むわー」

軽口を叩《たた》くように瑛太は話す。

けれど、彼に悪意はなく、ただ珍しい行動を取ったクラスメイトの一人に親しげに接しているつもりなのだろう。さすがはクラスのリーダーである。

しかし、大和はそのノリ自体が苦手だった。瑛太が嫌な奴《やつ》ではないことはわかっているつもりだが、とにかく一緒にいるだけで居心地が悪かった。

そこに数人のクラスメイトが集まってきたかと思えば、そのうちのギャルっぽい容姿をした女子が大和を見て、物珍しそうに口を開く。

「あ、この人って確かアレだよ。ほら、去年不登校だった人」

彼女の言う通り、大和は以前不登校だったことがある。それゆえに否定もできず、どう反応するべきか困ってしまう。

大和が黙り込んだことで、場の空気も悪くなるかと思いきや、

「こらこら、そういうことを言うんじゃないって。せっかく楽しく話してたのに、なんか気まずくなっちゃうだろ。——ごめんな、この子も悪気があるわけじゃないんだよ」

そこで瑛太がギャル風の女子に注意をしたかと思えば、大和へ謝罪までしてきた。

笑顔は絶やさず、あくまで口調も穏やかなものだ。そのおかげか、ギャル風の女子も
「ほんとごめん、うちって考えなしに話すとこがあるから。あんま気にしないで」と素直

に謝ってきた。

やはり新庄瑛太はデキる男だ。場の空気はそれほど悪くならず、大和への配慮もしっかり忘れていない。

けれど、だからといって親しくなれるかは別の問題である。

大和からすれば、瑛太のような人物と関わっていること自体が気まずいわけで。

ゆえに、大和はただひたすら祈るように念じていた。

早くこの時間が終わってくれ――と。

そのとき、周りの喧騒《けんそう》が止《や》んだ。

理由はすぐにわかった。

「おはよ、大和」

少しだけハスキーな声が耳に届いたことで、驚いて振り返る。

そこには白瀬聖良《せいら》が立っていた。

彼女が纏《まと》う不思議な雰囲気に圧倒されてか、周囲の生徒たちは後退《あとずさ》りをする。

しかし、動揺しているのは大和も同じだった。

「え、ああ……」

「って言っても、もう昼か。――なら、おそよ？」

い。

「いや、その……」

せっかく聖良の方から声をかけてくれたわけだが、大和が諸手《もろて》を挙げて喜べるはずもない。

なぜならここは学校で、今は教室の中である。周りにはクラスメイトや他クラスの生徒たちもいる。彼らの目を気にしないというのは、大和にとっては無理な話だった。

しかし、聖良にとってはそれら全ての状況が無関係であるようで、言葉に詰まる大和を見て小首を傾《かし》げる。

「もしかして、まだ寝ぼけてる？　それとも、私の顔を忘れちゃった？　まあ無理もないか、今は制服だし」

「いや、そうじゃなくて……」

「ていうか、連絡先教えてよ。昨日は聞きそびれちゃったから」

「白瀬さん、ちょっと！」

たまらなくなった大和は勢いよく立ち上がり、聖良の手を引いて教室を飛び出した。

すれ違う生徒たちから好奇の目を向けられつつ、ひと気のない場所を探して廊下を走り回る。

けれど、昼休み中の校舎はどこも先客がいて。途方に暮れる大和に対し、見かねた聖良

が場所の提案をする。

「屋上はどう？　あそこなら、誰もいないと思うけど」

「そりゃあ、屋上は立ち入り禁止だからな……。使おうにも、鍵がかかってるだろうし」

「屋上に出る方法なら、私が知ってるから平気だよ」

「えっ、ほんとか？」

「ほんとほんと」

聖良は得意げになるわけでもなく、先導するように前を歩き始める。他に行く当てもなかったので、大和は大人しく後に続くことにした。

階段を一番上まで上がると、屋上に続く扉はやはり施錠《せじょう》されていた。

少し声は響くが、会話をするのはこの踊り場でもいいかと大和が思い始めたところで、
聖良が扉の下部にある通気口の部分をぽんと蹴った。

すると、通気口の部分が見事にすっぽ抜けたではないか。

そこを聖良は躊躇《ちゅうちょ》せずにくぐり抜けてから、ちょいちょいと手招きをしてみせる。

（誰だよ、この人に聖女なんてあだ名をつけた奴は……）

そんな風に大和が呆《あき》れながら屋上に出ると、日光が眩しいくらいに照りつけてきた。

思わず目を伏せてから、再び見上げると、頭上には澄んだ青空が広がっていて。

「気持ちいい〜」

そう声を上げた聖良は、両手を広げて気持ち良さそうにしている。

吹きつける風が彼女の髪を靡《なび》かせ、同時にスカートの裾まで靡かせるものだから、見ている大和はドキドキしてしまう。

そのどこまでも無防備な姿を見せられると、少し心配になるくらいだ。

くるり、と。

そこで唐突に聖良が振り返る。

そして靡く髪を押さえながら、大きな瞳を真《ま》っ直《す》ぐに向けてくる。

「迷惑だった？」

問い詰めるわけでも、申し訳なさそうにするわけでもなく、ただ淡々とした口調で聖良が尋ねてくる。

先ほど、教室で声をかけてきたことについて言っているのだろう。それがわかっているからこそ、大和は首を左右に振った。

「いや、正直助かったよ。ちょっと気まずかったからさ」

「そっか」

もしかしたら、聖良は意図的に助けてくれたのかもしれない。

そうは思いつつも、大和はあらかじめ釘《くぎ》を刺しておくことにした。

「……ただ、できればもう少し目立たない方法だと有《あ》り難《がた》かったかな。白瀬さんは気にならないかもしれないけど、俺は他人の目とか空気とか、そういうのを気にするからさ」

先ほどの出来事がきっかけで、変な噂《うわさ》を立てられたりすれば、面倒事に巻き込まれてしまうかもしれない。

すでに手遅れであろうことは理解していたが、それでも今後のことを考えて、大和は念のため口にしていた。

「そ。わかった」

聖良はあっさりと返事をしたかと思えば、「もう終わり？」という風に小首を傾げる。

気分を悪くした様子はないことに大和は安堵《あんど》しながら、もう一つ伝えたかったことを口にする。

「でも、話しかけてもらえたこと自体は嬉《うれ》しかったというか……。俺も、白瀬さんと連絡先を交換したいと思ってたし」

「そうなんだ。じゃ、また声をかけるね」

「いや、その……」

「とりあえず、連絡先を交換しよっか」

そう言ってポケットからスマホを取り出すなり、ひょいと画面を見せてくる。

登録作業を進めている間に、大和は念押しをしておくことにした。

「けど次に声をかけてくるときは、場所とか状況を考えてくれよな」

「ん？　ごめん、よくわかんない」

「あのな……」

「ふふ、冗談だって。本気にしないでよ」

前触れなく聖良が微笑《ほほえ》むものだから、大和の心臓はドキッと飛び跳ねてしまう。

（毎度のことだけど、いきなりすぎてびっくりするんだよな）

今回は聖女の微笑みというより、いたずらっ子に近い笑顔だったが。ともあれ、心臓に悪いことに変わりはなかった。

普段はドライな表情をしているぶん、たまに微笑まれると、その破壊力は絶大なのだ。

聖女の微笑みは人を昇天させるものかもしれないと、大和が本気で思うほどである。

「けど、白瀬《しらせ》さんも冗談とか言うんだな」

「たまにね」

「もう少しわかりやすいと、受け手は助かるんだけどな」

「んー、考えとく」

先ほどのことを聖良は冗談だと言ったが、そもそも話す際に場所や状況を考える――いわゆる空気を読むということの意味を、彼女が本当に理解しているのかは定《さだ》かでない。

しかし、大和《やまと》がこれ以上の追及をしても、ますます翻弄されるだけのような気がした。

そろそろ昼休みも終わる時間なので、教室に戻ることを提案しようと思ったのだが。

「えっと、なにをやってるんだ……？」

気づくと、聖良が床の中央で仰向けになっていた。

脱いだブレザーを掛《か》け布団《ぶとん》の代わりにして、気持ち良さそうに目を閉じている。すっかりお昼寝モードである。

大和の問いかけにも反応がないため、もう眠っているのかもしれない。

とはいえ、起きてもらわなければ困るわけで。

「おーい、白瀬さーん？」

「ん……大和も、一緒にどう？　気持ちいいよ」

「もうすぐ予鈴が鳴るぞ」

「おやすみー」

「サボる気満々じゃないか……」

キーンコーンカーンコーン……と、そこで予鈴が鳴った。

だというのに、聖良は起きる素振りも見せない。

どうやら、本気で午後の授業をサボるつもりらしい。

「はぁ」

ため息交じりに、大和もごろんと横になる。

半ば投げやりになっている部分もあるが、どうせ今戻ってもクラスメイトたちから質問攻めを受けるのは避けられないだろう。

そんなことを考えていたからか、さりげなく聖良の隣に寝転がっていた。今になって、もう少し距離を取るべきかと大和が悩んでいると、そこで聖良が顔を向けてきた。

「あれ？　大和も結局サボるんだ」

「誰かさんがあまりにも気持ち良さそうだったから、ついな」

「へー、その誰かさんに感謝だね」

「まあ、気が向いたらな」

そこで本鈴が鳴った。……いよいよ、教室には戻りづらくなったわけだ。

「こりゃあ、あとで呼び出しを受けるかな」

「かもね」

「親まで呼び出されたりはしないよな……？」

「それは私も勘弁してほしいかも」

珍しいことに、聖良《せいら》が顔をしかめている。さしもの聖女も、親の呼び出しを気にしないわけにはいかないらしい。

「教室は今頃、俺たちの話題で持ち切りだろうな。SNS上では、ちょっとしたお祭り騒ぎになっているんじゃないか」

「ん～、どうでもいい～」

「どうでもよくはないだろ、少しはそういうのも気にしろよ……。ったく、白瀬さんは人気があるのに、どうして誰とも仲良くしないんだか」

「え？　大和とは仲良いじゃん」

そんなことを聖良が真顔で言うものだから、照れた大和は背中を向ける。

「そ、それはそうだけど……でも、俺以外に仲が良《い》い相手はいないんだろ。どうして今まで友達を作らなかったんだ？」

背中を向けたまま尋ねると、聖良は「んー」と唸《うな》るように声を出す。

「答えづらいなら、無理に答えなくてもいいけどさ」

「そんなに深くは考えたことないけど、話したいと思う人がいなかったからかな。気を遣う関係とか、あんまり好きじゃないし」

そう言った彼女の表情が気になったので振り返ると、空に手を伸ばし、遠くに思いを馳《は》せるような顔をしていた。

「なら、昨日の夜、俺を遊びに誘ってくれたのはどうしてだ？　同じ学校の生徒で、夜中に街を出歩いていたことをバラされないようにするためとか、そんな理由か？」

尋ねておいてなんだが、ひどい訊《き》き方だと大和は思った。

けれど、それぐらいしか理由を思いつかなかったのだ。

去年は別のクラスだったので顔を合わせず、同じクラスになっても会話を交わすことはなかった。昨夜、大和が名乗るまでは、まともに名前も覚えられていなかった関係だ。

そんな接点のなかった相手を、孤高な彼女が遊びに誘ったのだ。大和からすれば、都合が悪い出来事の口止めが目的だとしか考えられなかった。

「――話したいと思ったから」

だからこそ、彼女がさらりと口にしたその言葉を聞いて、大和は動揺した。

「…………」

どう返答すればいいのか困惑する大和の方へ、聖良が顔を向けて続ける。

「大和の目がさ、退屈そうに見えたんだ。それでなんか、親近感みたいなものが湧いたんだよね」

どうやら聖良は、初めから大和の本心を見抜いていたようだ。

実際に、大和は退屈な日々に辟易《へきえき》としていたし、自分とは別世界にいるような聖良の姿を見て、憧れの気持ちを抱いたほどである。

けれど、『親近感みたいなものが湧いた』という部分には引っかかりを覚えた。彼女もまた、大和と同じように退屈を感じ、自らの日常を変えたいと渇望《かつぼう》していたのだろうか。

とはいえ、今の大和にとっては、聖良がこちらの気持ちに気づいた上で遊びに誘ってくれたという事実が、何よりも嬉しく思えていた。

「……その、ありがとな。昨日は誘ってもらえて、すごく嬉しかったよ」

それゆえに、大和にしては珍しく、素直にお礼の気持ちを伝えることができた。

「ふふ、どういたしまして。私も楽しかったし、誘ってよかったよ」

屈託のない笑みを浮かべて聖良が言うものだから、大和はたじろいでしまう。

そんな大和を見て、彼女はまた笑う。

白瀬聖良は飾らずに自然体で、何事も直球で伝えようとする。その潔《いさぎよ》い性格がどこまでも自分とは正反対な気がして、大和は憧憬の念を抱かずにはいられなかった。

だからだろうか。大和はふと、自分のことを話したくなった。聖良には知っておいてほしいと思ったのだ。

「……実は、さ。俺、不登校だったことがあるんだ」

割と重めのカミングアウトをしたつもりだったのだが、聖良は普段通りの反応である。

「へー、そうなんだ」

そのことに大和の方が動揺しながらも、話を続ける。

「入学式の日に風邪を引いてさ、式には参加できなかったんだ。それが結構長引いて、治った頃には一週間経《た》っていた。……そのせいで、なんか学校に行くのが怖くなって」

「うん」

「一週間も経てば、人間関係というか、グループは出来上がっているものだろ。それに俺は大事な初顔合わせの機会にも参加していないんだ。そんな奴《やつ》が周りからどう見られるのかとか考えたら、どうしても行く気になれなかった」

「うん」

素っ気ない相槌《あいづち》だが、聖良が話を聞いてくれているのはわかる。

そのおかげで、大和は躊躇《ちゅうちょ》せずに話を続けることができた。

「それで、結局休んだ。最初は一日のつもりだったけど、そこからずるずると引き延ばしていくうちに、気づけば五月になっていて。とうとう大型連休に入ったんだ」

「うん」

「さすがにやばいと思ったし、焦《あせ》ったよ。それで、ネットに大型連休ではいろいろな人間関係がリセットされるって書いてあったから、連休明けにようやく登校したんだ」

「へー、リセットされた？」

「されなかったよ……。まあ、当然だよな。俺にはリセットされる関係すらなかったわけだし」

笑われてもおかしくないと思ったが、聖良はくすりともしなかった。

彼女は無言のまま、ただ空を仰ぎ見ている。

そんな彼女を見てなぜだかホッとした大和は、話の締めに入る。

「で、俺は周りにやばい奴だと思われて、それからずっとぼっち状態ってわけだ。多分、噂《うわさ》に変な尾ひれが付いたんだろうな。まあ、こんな恥ずかしい理由をいちいち説明するわけにもいかないし、今さらどうしようもないけどな」

自嘲気味に大和が語り終えたところで、聖良がふっと微笑む。

「でも、今はぼっちじゃないじゃん」

「え？」

「ほら、私がいるし」

「…………」

恥ずかしげもなくそんな言葉を口にする聖良を前にして、大和の方が赤面してしまう。

けれど、それを否定する気にはならなかった。

「……だな。白瀬《しらせ》さんのおかげで、ぼっち卒業だ」

大和が過去に不登校であろうとなかろうと、聖良は気にしない。それを原因に態度を変えるようなことは決してない。

それゆえに、大和は黒歴史とも言える過去を話した直後だというのに、むしろ清々《すがすが》しい気持ちになっていた。

それからしばらくの間、二人で日向《ひなた》ぼっこをした。

ウトウトとまどろむ大和の意識を呼び戻したのは、五限終了のチャイムであった。

んー、と大きく伸びをする聖良につられて、大和も気怠《けだる》い身体《からだ》を起こす。

背中が痛くて、「うっ」と変な呻《うめ》き声が出た。

「身体バキバキ。次は敷くもの持ってこよ」

この聖女、今後もサボる気満々である。

「こりゃあ、聖女のあだ名は返上だな。授業も堂々とサボったことだし」

「かもね。じゃ、そろそろ戻ろ――」

――ピンポンパンポーン……。

『生徒の呼び出しをします。二年B組、倉木大和《くらきやまと》くん。二年B組、白瀬聖良さん。至急、職員室まで来てください。繰り返します――』

そんな校内放送が流れたことで、大和は「げ」と顔を青くしてから、聖良の方に向き直る。

すると、聖良はすまし顔で腕組みをしながら、ふぅとため息をついて言う。

「やばー」

つまり、相当やばいということである。

「俺も他人の心配をしていられそうにはないな……」

「ごめんね、巻き込んじゃって」

ぺろ、と悪びれることなく舌を出す聖良。

その仕草がとんでもなく可愛《かわい》かったので、大和はもうどうでもいいような気分になってきた。

「ま、こうなることは半分わかっていたしな。その上で、俺もサボったわけだし」

この放送によって、大和は校内規模の有名人になっただろう。

なにせ、あの聖女とセットの呼び出しである。これはもう、周りの空気がどうのと言っている場合ではなくなったかもしれない。

先行きを考え始めたら、だんだんと足が竦《すく》んできた。

ははは、と大和が頬を引《ひ》き攣《つ》らせながら笑うと、聖良がぽんと肩を叩《たた》いてきた。

「大丈夫、なんとかなるって。いざってときは、私がなんとかするし」

これだけの窮地《きゅうち》において、余裕すら感じさせる聖良の佇《たたず》まいがかっこよすぎて、男子である大和の立つ瀬がなくなるほどである。

「さすがは白瀬さん、こんなときにも頼りになるぜ……。――けど、責任なら俺も取るよ」

「そっか」

なんとか男の意地を見せようと、大和は気張ったのだが、内心ではビビりまくっていた。

大和の覚悟も決まったところで、聖良が顔を覗《のぞ》き込んで尋ねてくる。

「そういえば、なんで『さん』付けなの？　別に、いいけどさ」

「いや、特に理由はないけど……」

「へー」

それ以上の追及をするつもりはないようで、聖良は扉の通気口部分をくぐった。

「……白瀬、か」

ふと呼びたくなって、声に出してみた。

すると、通気口部分からひょいっと聖良《せいら》が顔を出して、

「呼んだ？」

どうやら本人にも聞こえていたらしく、大和は顔が火照《ほて》るのを感じた。

「こ、これからは、呼び捨てで呼ぶことにしようかなって」

「そっか」

納得した様子で顔を引っ込めた聖良に続き、大和も通気口をくぐり抜ける。

緩みそうになる口元を大和は引き締めて、彼女とともに職員室へと向かった。

結論から言えば、大和たちはそれほど叱られなかった。

というのも、妙に教師陣が聖良に優しかったのと、サボった理由を体調不良のせいにしたからである。

それよりも、教室に戻ってからの方が大変だった。

六限の授業が終わった後、クラスメイトたちから質問攻めに遭ったのだ。

質問の内容は、『二人は付き合っているのか？』という旨《むね》のものばかり。

それに対し、聖良は「友達だよ」と答える。

聖女に友達ができたというだけでも大ニュースのようで、周囲は大騒ぎ。

授業をサボった経緯については、教師陣に話したように大和が説明したことで、なんとか事なきを得たのであった。

◇

翌日の学校では、周囲の視線が痛いくらいに突き刺さってきた。

予想した通り、聖良と授業をサボった件がきっかけで、大和も校内の有名人となったわけだ。

それによって変化した周りの反応は、はっきり言って鬱陶しいことこの上なかった。

面識のない他クラスの生徒たちが、休み時間の度に教室を訪れては、遠目にこちらを見ながらひそひそと会話をしているのだ。

もちろん、大和に声をかけてくる者も大勢いて、聖良との関係を根掘り葉掘り尋ねてきた。元不登校というレッテルも、聖女の話題を前にしては意味がないらしい。

ドライで近寄りがたい聖良よりも、地味な大和の方が声をかけやすいのはわかる。それでも同じような質問を何度も繰り返されれば、さすがに気が滅入《めい》ってくる。

そうして放課後を迎える頃には、大和はすっかり疲労困憊《ひろうこんぱい》していた。

けれど、懸念《けねん》すべき点はまだ残っていて——

「クッラキ～ン！」

ようやく帰りのＨＲが終わったかと思えば、瑛太《えいた》が馴《な》れ馴れしく肩を組んできた。

妙なあだ名で呼ばれた大和は、面倒に感じながらも愛想笑《あいそわら》いを浮かべる。

「その呼び方、やめてくれないか？　普通に呼んでほしいんだけど」

「そうかー？　イイ感じだと思うけどな、クラキン」

「いや、普通に呼んでくれ……」

「オッケー、倉木！」

ニカッと爽やかな笑顔とともに、瑛太がグーサインを向けてくる。

やっぱり彼のノリは苦手だ……と大和は辟易《へきえき》しながらも、なんとかグーサインを返す。

どうやら瑛太は昨日の聖良との一件を機に、大和に興味を持ったらしい。他の噂好きな生徒たちとは違い、大和と仲良くしたいというのだから、無下にはできなかった。

しかし、彼のノリについていくのは予想以上に大変だ。相手をしようと決めたことを後悔しそうになるほどである。

「そういえば、倉木って部活は無所属だっけ。よかったら、うちのフットサル部に遊びに来ないか？」

「ごめん、俺は運動が苦手だからパスで」

「そっかー、残念だ。うちのマネージャー可愛いんだけどなー」

心底残念そうに肩を落とす瑛太。

大和も年頃の男子であるため、そういった可愛い女子の話題には興味がある。

けれど、最近までまともな友達の一人もいなかった大和にとっては、女友達を増やしていき、いずれは恋人を作ることなど、二の次三の次な気がしていた。

それは相手が聖良でも同じことだ。

むしろ、あれほどの美少女と交際したいなど、考えるだけでもおこがましいと思っているほどである。

何より、せっかくできた友達という関係を崩してまで、その仲を進展させようという気は、今の大和にはさらさら起こらなかった。

ちなみに、今日は聖良と一度も会話をしていない。

人目がある場所では話さないように、聖良なりに気を遣っているのかもしれないが、挨拶もなしに颯爽《さっそう》と教室を出ていくその姿を見て、大和は寂しさを覚えていた。

「なあ、聖女さんと一緒に帰らなくていいのかー？」

冷やかしではなく、純粋な疑問として瑛太が尋ねてくる。

「今日は別に、約束とかはしてないし……」

なんなら、昨日も一緒に帰っていないが。

なぜか見栄《みえ》を張る形になってしまい、大和は気恥ずかしさを隠すように鞄《かばん》を取る。

「それじゃ、俺も帰るから」

そう言って教室を出ようとしたところで、瑛太が「おー、またなー」と気さくな挨拶をしてくる。

「ああ、また明日」

返事をしてから教室を出るなり、自然と早足になる。

せっかく聖良と友達になれたのだから、今瑛太と交わしたように、別れの挨拶をするのは普通のはずだ。

（まだそんなに離れてないよな）

下駄箱《げたばこ》で靴を履き替えてから、大和はすぐさま走り出した。

なかなか聖良に追いつけないまま、大和は繁華街の辺りまで来ていた。

放課後は聖良と行動するかもしれないと思い、いつもの自転車通学ではなく、今日は徒歩で来たのが裏目に出た。

自宅の方向とは少し違うが、こうなったら意地である。

とはいえ、彼女を捜してどうするつもりなのかと訊《き》かれても、具体的なことは決めていない。

ただ、一言くらいは彼女と話しておきたいと思っただけなのだ。

と、繁華街に入ったところで、さっそく聖良の姿を見つけた。

しかし、何やら状況はよろしくないようだ。

遠目にも、聖良がガラの悪い男たちにしつこく付きまとわれているのがわかった。

中には屈強な体格の者もいて、それが大和の足を竦ませる。

けれど、大和は自らの太ももを力強く叩き、気持ちを鼓舞して走り出した。

「白瀬《しらせ》！」

大声で名前を呼ぶと、聖良は驚いた様子で顔を向けてくる。

そのまま大和は男たちの間に割って入り、すぐさま聖良の隣に並んだ。

「なんだこいつ、彼氏か？」

苛立《いらだ》っている一人の男に対し、大和は首を左右に振って答える。

「いや、友達です」

小刻みに震える大和《やまと》を見たからか、他の男がゲラゲラと笑い出した。

「ただのお友達は引っ込んでな。きみもこんなモヤシ君より、おれたちと遊びたいよな？」

冷やかすように男の一人が尋ねるが、聖良はまるで男の声が聞こえていないかのように反応を示さず、代わりに大和の肩をつついた。

「ねぇ、大和の家ってこっちだっけ？」

「いや、違うけど……というか、やけに落ち着いてるな」

拍子抜けするほど呑気《のんき》に尋ねてくる聖良とは違い、大和の方は気が気じゃない。

おそるおそる聖良に無視をされた男の方を見ると、案の定、そのこめかみに血管を浮き立たせて、怒り心頭の様子だった。

男がブチ切れる前に、なんとかしないといけない。

けれど、交番までは少し距離がある。

周りの大人は見て見ぬフリをしているし、大声で助けを求めるのも気が引ける。

たかがナンパなのだし、ここは彼女の手を引いて立ち去れば済む話なんじゃ――と大和は一瞬考えたが、どう見てもただでは帰してくれそうにない雰囲気なので、考えを改める。

つんつん、と。そこで再び聖良が肩をつついてきて言う。

「じゃ、行こ」

「え、ああ……」

聖良に促されるまま、大和も歩き出したのだが、

「おい、舐《な》めてんのか」

そこで男の一人が大和の肩を掴《つか》んできた。彼らの中で一番体格のいい男で、掴まれた肩が軋《きし》むように痛む。

「痛っ……」

苦痛に顔を歪《ゆが》ませる大和を見て、男たちは愉快そうに笑う。

「おいおい、そいつ泣いてねえか？」

「ははっ、そのうち漏らすんじゃね」

周りの男たちがからかうように囃《はや》し立《た》て、肩を掴む力がさらに増す。

まずい。やはりただでは済まないようだ。これは大声で助けを求める必要があるかもしれないと、大和が一種の覚悟を決めたとき――肩を掴む男の顔色が変わった。

「――いてっ、いてててっ！」

そして次の瞬間、男は情けない悲鳴とともに地べたに這《は》いつくばっていた。

聖良《せいら》が男の手首を摑んだかと思うと、ぐい、と一瞬にして捻《ひね》り上げたのだ。

その直後、呆気《あっけ》に取られる周囲をよそに、聖良は男たちの後方に向かって手を振りながら、「お巡《まわ》りさーん、こっちでーす」と気の抜けた声を発する。

その声の通り、遠くの方にはこちらへ向かう警官の姿があった。

途端に散り散りとなる男たちとは違い、大和は放心状態で立ち尽くしてしまう。

それは痛みから解放されたことや、警官の姿を見たことで安堵《あんど》したからではない。

先ほど、聖良が男を捻り上げたときの光景が目に焼きついて離れず、そのことばかりが大和の意識を奪っていたのだ。

──彼女はあのとき、無表情だった。

けれど、その瞳には確かな怒気が宿っていて。怖いけれど頼りがいのある、そんな目をしていた。

あのときの聖良の顔を思い出すだけで、心臓が早鐘を打つように高鳴る。

ぱしっ、と。そのとき聖良に右手を握られて、大和はハッと我に返った。

「走るよ」

「えっ」

そう声をかけてきたかと思えば、聖良は大和の手を引いたまま、警官たちがいる方向とは逆に走り出す。

どうして自分たちまで逃げる必要があるのか、大和には理解できなかった。ただ、先導する聖良に置いていかれないように、ひたすら足を動かした。

そのまま路上を走り続け、繁華街を抜けてもなお走る。

すれ違う人々からは好奇の目を向けられたが、走る勢いが弱まることはなかった。

（普通は逆だよなぁ……）

立ち位置の話である。

現状では先を走るのが聖良で、後に続く大和はおとぎ話のお姫様のように、手を引かれたままなのだ。この構図自体に不満があるというより、弱々しい自分に嫌気が差した。

しかも情けないことに、大和の方が先に息を切らし始め、目的地がわかっていないせいで、本当に連れ去られた気分になっていた。

「な、なあ、一体どこまで行くつもりなんだ？」

街からだいぶ遠ざかり、ひと気のない河川敷《かせんじき》に差し掛かったところで尋ねる。この時点で、大和の肺は限界寸前だった。

すると、聖良はゆっくりと立ち止まってから振り返る。

「ハァッ、ハァッ……考えてなかった」

息を整えながら、手の甲で額の汗を拭う姿がやけに爽やかだ。

それはそれとして、放っておいたら倒れるまで走ることになっていたのだと思うと、大和は苦笑するしかなかった。

この辺りで休むことに決めたらしい聖良は、ブレザーを脱いでからブラウスの袖を捲《まく》ると、そのまま芝生の上に倒れ込んだ。

続くように大和も隣に寝転ぶ。肺が酸素を求めていたので大きく息を吸い込むと、緑の匂いが鼻いっぱいに広がった。

「ハァーッ、だいぶ走ったよな……ここどこだ？」

「わかんない」

「ったく。方向音痴のくせに、考えなしで先を行くんだもんな」

そこで聖良が顔だけこちらに向けてくる。

「私、方向音痴じゃないんだけど」

「いや、どう考えても方向音痴だろ。地図アプリがなきゃ、学校の近所でも迷うくらいだしな」

「そうかな。普通じゃない？」

相変わらずのポーカーフェイスだが、聖良も譲る気はないらしい。ここではっきりと伝えておくべきだと大和は考え、強気に応じる。

「いや、普通じゃないって。あのゲーセンやカラオケにはよく行くんだろ？　それなのに、いちいち地図アプリを開かないと道に迷うんだからな」

「でもほら、あの辺ってごちゃごちゃしててわかりづらいし」

「それに今だって、地図アプリを開かなきゃ帰り方がわからないんじゃないか？　白瀬が方向音痴だって自覚していなかったことに、俺はむしろ驚いているくらいだよ」

そこまで口にしてから、言い過ぎたことに大和は気づいた。

そのせいか、隣の聖良はいつの間にか背中を向けていて。

「大和も、意地悪とか言うんだね」

拗《す》ねているのか、ぼそりと聖良は口にした。

「……悪い。ちょっと言い過ぎた」

「別にいいけど」

聖良の拗ね顔が気になって、覗《のぞ》き込むかどうか大和が悩んでいたら、再び聖良がこちらに向き直ってきた。

すでに気持ちは切り替わっているらしく、すっかりいつものポーカーフェイスである。

拗ねた顔も見たかったなと思いつつ、それほど彼女が気にしていなかったことに大和は安堵する。

「ていうか、汗でベタベタ。お風呂《ふろ》入りたい」

「川ならあるぞ」

「んー、まだ冷たそう」

冗談で言ったつもりが、真顔で返された。夏なら入っていたのだろうか。

ふと気づけば聖良は両目をつぶっていて、今にも眠ってしまいそうだった。

このままだと風邪を引きかねないので、起こすついでに気になったことを尋ねてみる。

「なあ、どうして俺たちまで走る必要があったんだ？　そりゃあ、警官に事情を説明するのは面倒だけどさ」

「んー……今日は制服だし、顔を覚えられたら厄介かなって」

「なるほど」

聖良にとっては不良集団よりも、警察の方がよっぽど警戒すべき対象らしい。

それならばと、もう一つ気になっていたことを尋ねてみる。

「それと、今日は学校で話しかけてこなかったよな。もしかして、俺に気を遣ってくれたのか？」

すると聖良は上半身を起こして、大和の方を見つめながら目をぱちくりとさせる。

「なんのこと？」

どうやら違ったらしい。

「違ったか」

「あー、ごめん。今日はちょっと考え事してた。ＣＤショップに行こうかなって」

つまり、大和に気を遣ったわけではなく、その姿が眼中に入っていなかっただけというわけだ。

なんとも聖良らしいというか、相変わらず摑みどころのない人である。

「ならいいんだけどさ」

言葉とは裏腹に落胆する大和を見て、聖良は腑《ふ》に落ちない様子で小首を傾《かし》げる。

しかしそれも一瞬のことで、すぐに別件を思い出したらしい。閃《ひらめ》いたように手を叩《たた》いてから、聖良は改まって口を開く。

「そういえば、お礼を言ってなかったよね。さっきは来てくれてありがと」

律儀《りちぎ》にお礼を言われて、照れくさくなった大和は視線を逸《そ》らす。

「別に、大したことはしてないよ。俺なんて足がガクガクだったし、助けに入ったつもりが、結局は白瀬《しらせ》に助けられたしな」

あのときの聖良は本当にかっこよかった。体格差を物ともしない捻り上げは圧巻の一言で、思わず見惚《みと》れるほどに鮮烈な光景であった。

あれほど見事に技を扱えるのだから、護身術でも習っているのかもしれない。それを実践できる時点で、やはり聖良はすごいわけだが。

とはいえ、大和《やまと》にも男のプライドがあり、素直に褒める気にはならない。たとえ本心では思っていても、「かっこよかったぞ！」などと言う気はなかった。

そんな風に葛藤を抱える大和に対し、聖良はふっと微笑《ほほえ》んで言う。

「でも、あのときの大和はかっこよかったよ。来てくれてほんとに嬉《うれ》しかった」

こちらが伝えたかったことを、彼女はいとも容易《たやす》く口にする。

大和からすれば、取り繕わずに直球で物を言うその性格の方がよっぽどかっこいいし、褒められたくらいで恥ずかしくて隠れたくなる自分は、やはりかっこ悪いと感じた。

「……そりゃどうも」

そう返すのがやっとなところも、ダサく思えて仕方がない。先ほどから劣等感が強くなるばかりで、軽く自己嫌悪《けんお》に陥りそうであった。

「さて、そろそろ帰ろっか」

そう言って聖良は立ち上がるなり、大きく伸びをする。

密《ひそ》かに大和が抱える劣等感に、彼女が気づく気配はない。そんな彼女のさっぱりとした性格に救われている部分が多々ある気がした。

とそこで、尻の土を払う聖良の背中を見ていたら、ふと気づく。

（――ッ！　あれって、もしかして……）

彼女のブラウスの背が透けて、薄《うっす》ら黒い線が見えていたのだ。

……これは間違いない。下着である。

（いや、見ちゃダメだ。女子の下着を見るなんて、ただの変態じゃないか）

そうは思いつつも、視線が引き寄せられるのは男の性《さが》である。

それにしても、黒とは。なんとも大人っぽい色だ。

「ん？　背中になんか付いてる？」

そこで唐突に聖良が振り返り、不思議そうに尋ねてきた。

これはまずい。今さらブラウスの背を見ていたことをごまかすのは不可能だろう。

「いや、その、何も付いてはいないんだけど……」

どう答えるべきか。いっそ下着が見えていることを堂々と指摘してしまおうかと大和が考えているうちに、どうやら聖良が勘付いたようだ。

「もしかして、透けてる？」

「へ⁉　いや、その、まあ……」

「ブレザーがあるから、キャミ着てないんだよね」

そう言って、聖良《せいら》はブレザーを羽織る。

「へ、へぇ……」

「じゃ、行こっか」

（って、それで終わりかよ⁉）

困惑する大和をよそに、聖良は何事もなかったように歩き始める。

「ちょっ、おい、白瀬」

思わず大和が呼び止めると、聖良は不思議そうに振り返った。

「ん、なに？」

「その、さすがにもうちょい恥じらい的なものを持つべきじゃないか？　……いや、俺が言える立場じゃないのはわかってるんだけどさ」

「大和が相手だし、別にいいかなって」

頬を赤らめるでもなく、さらりと言ってみせる聖良。

それはつまり、大和が恋愛対象外だから気にしないということなのか、はたまたそれほど信頼しているということなのか。

言葉の真意が大和にはわからず、ぽかんと口を開けたまま固まってしまう。

そんな大和を見て、聖良は補足をするように言う。

「不注意だったのは私の方だし、大和は気にしないで。それより、寒くなってきたから早く帰ろ」

「そういうことなら……まあ、わかった」

確かに日が暮れてきたせいか、少し肌寒くなってきた。このままだと、本当に風邪を引いてしまうかもしれない。

駅の方に向かって歩き出したところで、大和はそれとなく質問する。

「白瀬の家って、ここから近いのか？」

「んー、たぶん。歩いて十五分くらいかな。そっちは？」

「俺もそのくらい——いや、二十分はかかるかな」

「そういえば、今日は歩きだよね。昨日は自転車だったのに」

「……白瀬と、遊ぶかもしれないと思ってさ」

大和にしては珍しく、素直になってみた。

言ってから、耳まで熱くなるのがわかる。慣れないことはするものじゃないなと大和は思った。

「あー……なるほど。それで繁華街の方にいたわけだ」

合点《がてん》がいったように聖良は頷《うなず》いてから続ける。

「なら、明日の放課後も空けといてよ。ＣＤショップに行くから付き合ってほしいんだ」

「わかった」

それからは互いに無言のまま歩いて、最寄り駅に着いたところで別れた。

明日が来るのを待ち遠しく感じるのは、大和にとって久々のことだった。

三話　意外な共有

迎えた約束の放課後。

最寄り駅から三駅ぶん電車を乗り継いだ先にある商業タワービルの前で、大和は一人そわそわとしていた。

そこでスマホがメッセを受信する。

『もう着くよ』

差出人は聖良だ。このビルの一階にCDショップがあり、聖良とは現地集合で待ち合わせをすることになったのだ。

学校の近くにもCDショップはあるが、同じ高校の生徒がいるかもしれないという理由で却下。現地集合にしたのも、周囲から勘繰られることを避けたい大和の提案である。

このビルの周りには他校の制服を着た生徒たちの姿がちらほらと目につき、違う学校だとわかっていても、それが余計に大和の気持ちを落ち着かなくさせる。

「おまたせ」

ハスキーな声が耳に届いて、振り返ると聖良が立っていた。

学校終わりにそのまま来ているため、聖良も制服姿である。彼女の方が先に教室を出たはずだが、この時間差はおそらく道にでも迷っていたのだろう。

「悪いな、俺のわがままに付き合わせて」

「ううん。私の用事に付き合ってもらうわけだし、気にしてないよ。じゃ、入ろっか」

そうして店内に入ると、リリースされたばかりの新作CDの棚が目に飛び込んでくる。

宣伝用のディスプレイも数多く設置されていて、手作り感あるポップで彩《いろど》られた人気曲のコーナーや、店員オススメのコーナーまで作られていて、とにかく情熱を感じた。

「近くのCDショップも品揃《ぞろ》えは良《い》いと思ってたけど、ここもすごいな」

「だね。——ほら、こっち」

さりげなく聖良に手を引かれて、大和の心臓の鼓動が速くなる。おまけにすれ違う生徒たちから羨望《せんぼう》の眼差《まなざ》しを向けられるものだから、余計に恥ずかしくなってしまう。

しかし、聖良はそのことには気づいていないようだ。

周りの目などお構いなしといった様子で店内を歩き回る聖良は、無邪気にはしゃぐ子供のようで。彼女が本当に音楽を好きであることが伝わってきて、見ていて微笑ましかった。

そんな彼女のお目当ては、インディーズバンドの新曲らしい。

ジャンル的に大和が馴染《なじ》みのあるものではなかったが、試聴用のヘッドホンを装着してご満悦の聖良を見ていると、どんな曲なのか気になってきた。

興味津々《きょうみしんしん》な大和の視線に気づいて、聖良が尋ねてくる。

「――聴く？」

素直に大和が頷くと、聖良は自身がつけていたヘッドホンを外して、そのまま大和の頭に被《かぶ》せてきた。

その際、互いの身体《からだ》が触れ合うくらいの距離まで近づいたことで、ふんわりと甘い香りが届く。これはシャンプーの香りだろうか。

加えて、ヘッドホンはほんのり温かい気がして。先ほどまで聖良が装着していたことを意識してしまい、大和が顔を火照《ほて》らせた直後、耳を劈《つんざ》くような爆音が鳴り響く。

「おわっ⁉」

「あ、ごめん、音量下げてなかった」

鼓膜が破れるんじゃないかと思うくらいの音量だったせいで、大和の頭はまだガンガンしている。

恨めしく思って睨《にら》みつけると、聖良は悪びれずに両手を合わせる。

音量が下がったところで、ようやくボーカルの声が流れてきたのだが……しばらく聴いても、大和《やまと》には良さがわからなかった。

というのも、ただ叫んでいるようにしか聞こえないのだ。ところどころでかっこいいと思える部分はあるものの、かろうじて聞き取れる歌詞の内容は荒々しく、共感できるようなものではない。

隣に立つ聖良が口の動きだけで「どう?」と尋ねてきたが、返答に困ってしまう。

せっかく、聖良好みの楽曲なのだ。できることならすぐさま同調して、聖良から見どころのある奴《やつ》だと思われたい。

しかし、無理に同調するのは違う気がした。彼女には真《ま》っ直《す》ぐ向き合わなければ、自分が後悔すると思ったのだ。

ゆえに、大和は心の底に見栄《みえ》を押し込んでから、ヘッドホンを外して正直に答える。

「正直、よくわからなかったよ。俺がこういう音楽にあまり触れてこなかったからかもだけど……」

「ふふ、だよね。私もよくわかんない」

くすくすと笑う聖良を見て、大和は再び困惑してしまう。

「でも、白瀬《しらせ》はこれが買いたかったんだろ?」

「そうだよ。なんかラジオを聴いてたら流れてきて、良い感じだなって思ったから」

「良い感じだけど、よくわかんないんだな。それで結局、買うのか？」

「買うよ。やっぱり良い感じだったし」

「へぇ……」

彼女の価値観というか、好みはよくわからないな……と、大和はため息をつく。

するとそこで、聖良が大和の顔を覗《のぞ》き込むようにして尋ねてくる。

「大和はなんかないの？　最近、気になる曲とか」

「気になる曲、か」

元々、大和はそれほど曲を聴く方ではない。インディーズ時代から追っかけているバンドがいるわけでもなく、他人に勧められるほど好きな歌手がいるわけでもないのだ。

先日、聖良とともにカラオケへ行った際はボカロ曲を歌ったが、それだって数あるジャンルの中で好きな方だというだけだ。特段、詳しいわけでもない。

そんな大和が最近、なんとなく口ずさむくらいには耳に残っている曲といえば――

「アレ、とか？」

大和は少し照れながら、ある一点を指差す。

それは、とある深夜アニメのＯＰ主題歌を宣伝するコーナーだった。

『あいまい友達団』というユニットが歌ういわゆる電波ソングで、たまたまアニメを視聴した際、耳にこびりついてクセになってしまったのだ。

普段の大和であれば、同級生の女子に好みの曲を訊《き》かれてアニソンを答えるような真似《まね》は絶対にしないが、聖良《せいら》なら馬鹿にしないような気がして、つい答えてしまっていた。

「へー」

予想した通り、聖良は小馬鹿にするわけでもなく、意外そうな顔をしながらそのアニソンのコーナーに向かっていく。

設置されている宣伝用のディスプレイにはＭＶが映っていて、ツナギ姿の女性がよくわからない踊りをしていた。そして、聖良はそれを食い入るように眺めている。

その様子を見てどうにもいたたまれなくなった大和は、彼女の隣に並んで声をかける。

「その、別に俺がこのグループにハマっているとかそういうわけじゃなくて、なんかたまたま聴いてクセになっただけというかだな……」

「面白い曲だね。大和はこういうのが好きなんだ」

画面から目を離さずに、聖良は淡々と感想を述べる。

「いや、好きというか……別に、俺はファンってわけでもないし」

もごもごと大和が喋《しゃべ》っている間に、聖良はＣＤに手を伸ばす。

「って、まさかそれも買うのか？」

「うん。なんか良いなって思ったし」

「お、おう。それはよかった」

勧めておいてなんだが、買うほど気に入ってもらえたのは意外である。ついでに、当の大和はCDも持っていない。

「大和は買わないの？」

「俺は金欠ぎみだし、今日はやめておくよ。勧めておいて悪いな」

「そ。なら、聴き終わったら貸すね」

「え、いいのか？」

「もちろん」

わざわざ借りるのは申し訳ない気もしたが、友達であれば物の貸し借りくらいは普通かと思い直す。

「そうか、ありがとな」

「うん。それじゃ、レジに行ってくるね」

「ああ。外で待ってるよ」

聖良がレジで支払いを済ませた後は、特にやることもなかったので帰ることになった。

電車に揺られていつもの最寄り駅に到着し、改札を抜けたところで聖良とは別れることになる。

別れ際《ぎわ》、聖良が以前のように夜遊びをしないよう、大和は軽く釘《くぎ》を刺しておくことにした。

「もうそれなりの時間だし、今日は真っ直ぐ帰れよな」

「そうする。買ったCDを早く聴きたいし」

「ならいいけどさ」

「今日はありがとね、バイバイ」

小さく手を振る聖良に合わせて、大和も手を振り返す。

それから互いに背中を向けて歩き出した。


——ブーッ、ブーッ。

その夜、自宅のリビングで大和がテレビを見ていると、スマホが着信を知らせた。

「ん、母さんか——って、白瀬⁉」

相手は聖良で、しかも電話の通知ではないか。

ごくりと生唾を飲み込み、テレビを消してソファに座り直す。

震える指先で通話ボタンをタップすると、すぐに耳に心地いい聖良の声が聞こえてきた。

「もしもし。どうかしたか？」

　できるだけ平静を装《よそお》おうとするが、緊張のせいで声が上擦ってしまう。対する聖良は普段通りの調子で続ける。

『月が綺麗《きれい》に出てるよ。今見られる？』

「えっ、ああ、ちょっと待ってくれ」

　困惑しつつも大和がベランダに出ると、夜空には満月が輝いていた。

「ほんとだ、綺麗な満月だな。――って、今どこにいるんだ？　もしかして外か？」

　心配になって問い詰めるように大和が訊《き》くと、聖良はため息交じりに答える。

『家にいるよ。今ベランダ』

「そうか、ならいいんだ」

　それを聞いて安心した大和は、彼女が電話をかけてきた理由が気になった。

「というか、満月を報告するために電話をかけてきたのか？」

『それもあるけど、ちょっと聞いてほしくて』

「何をだ？」

　すると、一瞬だけ間を置いて、

『もしもし？』

『——ぼくらトモダチ～、たぶんトモダチ～、あしたもき～っとトモダチさ～♪』

聖良が歌い始めた。

それは大和が勧めたアニソンの歌詞であり、聖良は綺麗な声で続きを歌い上げていく。

おかしくも可愛《かわい》らしいフレーズを恥ずかしげもなく歌いこなし、そのまま一番のサビを歌いきったところで、聖良は『とりあえずここまで』と言った。

そのときの大和はといえば、ベランダで一人悶絶《もんぜつ》していて。

（くっ、可愛すぎるだろ……これを聴かせるために、わざわざ電話をかけてきたのかよ）

『ねぇ、ちゃんと聴いてた？』

「え、ああ、聴いてたよ。やっぱり白瀬は歌が上手《うま》いなって感心してたところだ」

『ならいいけど』

「にしても、もう覚えるなんてすごいな。完璧だったじゃないか」

『帰ってからずっとヘビロテしてたし、お風呂《ふろ》でも歌ってたからすぐに覚えられたよ。それで大和に聴かせたくなって、電話したんだ』

ということはつまり、今の聖良はお風呂上がりの状態というわけだ。

その光景を想像して、大和は生唾を飲み込む。

「……風邪を引かないように気をつけろよ」

邪《よこしま》な考えを見抜かれないように、大和が真面目ぶったことを言うと、電話越しに聖良がふっと笑った。

『髪はすぐに乾かしたし、平気だって。今は夜風が気持ちいいくらいだよ』

彼女が言う通り、春の夜にしては暖かく、風は心地いいほどだ。

『にしても、大和って世話焼きというか、心配性なところがあるよね』

「小心者で悪かったな」

『その上、ひねくれてる』

「言ってくれるじゃないか。そっちは極度の方向音痴なくせに」

『それは今関係ないし。というか、方向音痴じゃないから』

普段もするような言い合いを一通りした後、数瞬の間を置いて、

「ぷっ」

思わず大和が吹き出すと、再び聖良も笑った。

『なんか電話で言い合うのっておかしいね。家にいるのに、隣に大和がいるみたい』

「確かに。これじゃあ、顔を合わせてるときと同じだな」

そうは言いつつ、先ほどから大和の心臓の鼓動は高鳴り続けているが。

『なんかカラオケに行きたくなってきた。今からどう?』

そんな心躍る誘いに、つい大和《やまと》も同調しかけるが、そこは理性を働かせる。

「いや、今日はやめておこう。今から行ったら朝までコースになる気がするし」

『そう？　二時間くらい歌って帰れば平気だよ』

「二時間で済むのか？」

『……たぶん？』

疑問形で返してきている時点で、我慢に自信がないのは丸わかりである。

「絶対に無理だな……。それと、ちゃんと言ってなかったけど、俺は深夜の外出には――いや、この話はまた今度だ。とにかく、そんなに行きたいなら、明日の放課後にでも行けばいいだろ」

深夜帯の外出について、大和は反対である。それを伝えようと思ったのだが、電話で話すのも違う気がして、次の機会に持ち越すことにしたのだ。

『んー、夕方のカラオケってなんか乗り切れないからパス』

「個室で歌うんだし、そんなに差はないと思うぞ。それに夕方の時間帯は安いから、俺の財布も助かるし」

『気分が違うんだって。とにかくパス』

聖良にしては食い下がってくる。その辺りには強いこだわりがあるのだろう。

話していて気づいたが、深夜帯にしかカラオケに行く気のない聖良と、次に一緒に行ける機会は来ないかもしれない。

彼女とカラオケに行けないのは嫌だなと思い、深夜の外出に反対するべきかどうか、大和の中に迷いが生じていた。

「……なら、カラオケはまた今度だな」

『だね。それじゃ、話すこともなくなったからそろそろ切るね』

「お、おう、そうか。……なんか、ごめんな」

『ふふ、なんで謝るの？　意味わかんない』

楽しそうに笑う聖良の声を聞いて、大和はホッと胸を撫《な》で下《お》ろす。

カラオケの誘いを断ったことで、聖良に嫌な思いをさせたかと思ったが、どうやらそれほど気にしていないらしい。

『じゃ、またね』

最後に聖良がそう言って、通話は切れた。

しばらくの間、彼女の『またね』の声が耳に反響するように残っていて、大和はぼんやりとしながらベランダにしばらく居続けた。

◇

翌日の昼休み。

いわゆるぼっち飯男子の大和は、今日の昼食をどこで済まそうかと頭を悩ませながら、母親お手製の弁当を鞄《かばん》から取り出したのだが、

「おつかれ。一緒していい？」

そこでねぎらいの言葉とともに、聖良《せいら》がランチに誘ってきた。

人目をはばからず、とはまさにこのことである。

喧騒《けんそう》にまみれた教室を一瞬にして沈黙させてもなお、可愛らしく小首を傾《かし》げているのだから、聖女の胆力とはなんとも凄《すさ》まじいものだ。

とはいえ、ここで気後れしていては、ますます彼女のペースで進むだけである。

今さらジタバタしても無駄だと大和は考え、弁当箱を手にして席を立つ。

「……それじゃ、場所を移そうか」

そう言って教室を出る間際《まぎわ》、ふと目が合った瑛太《えいた》がウインク交じりにグーサインを飛ばしてきて、食欲が一気に減退するのを感じた。

校内で人目を気にせず食事をできる場所は限られている。

というわけで、大和たちはまたも屋上に来ていた。

気持ちいいくらいの晴天の下、給水タンクの近くにできた日陰に腰を下ろす。

「おー、すごいお弁当だね」

大和が弁当箱を開くなり、聖良が感嘆の声をあげる。

今日の母お手製の弁当は、チャーハンに玉子焼きにミートボール、それとほうれん草にきんぴらごぼうという品目で成り立っている。

半分以上が昨夜の残り物だが、ひどいときはふりかけご飯だけだったりすることもあるため、これでも調子が良《い》い方だ。今日の母上は上機嫌だったということだろう。

そんな大和の弁当に比べて、聖良の方はなんとも物寂しいラインナップである。

コンビニ袋を片手に引っ提げている時点で察しは付いたが、彼女の今日の昼食は菓子パンが一つ。それに紙パックのミルクティーがあるだけで、育ち盛りの女子高生の昼食にしては少ないと言わざるを得なかった。

「どれか食べるか？　昨日の残り物でよければだけど」

心配になった大和がそう申し出ると、聖良は「じゃあ玉子焼きがいい」と嬉《うれ》しそうに指を差した。どうやらダイエット中だとか、そういうわけではなさそうだ。

「箸、借りていい？」

「えっ」

言われて大和は気づく。

聖良はコンビニのパンしか買っていないのだから、この場合は大和が箸を貸すことになるのだと。

当然だが、大和は一人ぶんの箸しか持っていない。

……つまり、このままだと『間接キス』をすることになるわけで。

意識をしたら途端に恥ずかしくなり、大和は困惑する。

うろたえる大和の姿を見たからか、聖良はうんと一度頷《うなず》いてから、素手で玉子焼きをつまんだ。

「行儀悪いけど、許してね」

そう断りを入れてから、聖良はそのまま玉子焼きを口にする。

「ん、おいし。結構甘めの味付けだね。これって大和が作ったの？」

「いや、それは母さんが作ったやつだ。きんぴらごぼうは俺が味付けしたけど」

「じゃあ、きんぴらごぼうも一口いい？」

「え、ああ」

聖良はきんぴらごぼうをひと摘まみし、口に入れるなり「おいし～」と嬉しそうに言う。

「悪いな、勧めておいて箸も貸さないなんて」

「いいって。私もそういう気遣い？　みたいなものが足りてなかったんだろうし。だから気にしないで」

淡々と告げられた言葉には、恥じらいや照れのような感情は一切含まれていないように思える。

やはり大和を異性として認識していないのか、そもそもそういったことが気にならないだけなのか――その判別は、大和にはつきそうになかった。

「わかった。もう気にしないよ」

だから精一杯、平静を装《よそお》って答えるのがやっとだった。

それからは互いに無言のまま、しばらく食事を続けて。

「そういえば、今日はどうしてお昼に誘ってくれたんだ？」

弁当を食べ終えたところで、その空気に耐えかねた大和はずっと気になっていたことを尋ねた。

「ん？　特に理由はないけど」

「そ、そうか」

「あ、でも、昨日の電話のときに何か言いかけたよね？　それは気になってるかも」

深夜帯の外出について、大和が注意をしようとしたときのことを言っているのだろう。

これからも一緒にカラオケに行きたいという気持ちから、昨日は言うべきかどうか悩んだりもしたが、大和はここで言っておくことに決めた。

「白瀬《しらせ》には悪いけど、俺は深夜の外出には反対だ。——それを伝えようと思ってさ」

「どうして？」

怒るでもなく、呆《あき》れるでもなく、聖良はただ純粋に大和の意見を聞こうと尋ねてくる。

ゆえに、大和も冷静になって口を開く。

「単純に、危ないからだよ。女の子一人だと何が起こるかわからないし、ただでさえ白瀬は目立つんだ。それに、補導をされたくはないだろ」

「大和を呼べってこと？」

「いや、それでも危ないことに変わりはないって。この前の不良に絡《から》まれたときみたいに、俺がいたってどうにもならないことの方が多いだろうし……」

こんなことを口に出したら、聖良は呆れてしまうかもしれない。面倒な奴《やつ》だと、関わることをやめるかもしれない。

けれど、伝えなければいけない気がした。実際に夜の街を歩いて、楽しいだけでなく危険性もあることを大和は実感したからだ。

それに不良に絡まれた件で、自身の無力さは嫌というほどわかった。いくら聖良が護身術の類《たぐい》を扱えようとも、複数を同時に相手にする場合は難しいだろう。

そんな大和の心配を受けて、聖良にも思うところがあったらしい。逡巡《しゅんじゅん》するように首を傾げた後、壁に背中を預けて大きく伸びをする。

「わかった、できるだけ控えるよ。あんまりあの時間は外に出ないようにする」

彼女の口から出た『できるだけ』、『あんまり』という曖昧なニュアンスの言葉に、大和は一抹の不安を抱えつつも、ひとまず安堵《あんど》する。

「そうしてくれると助かる。悪いな、なんか説教みたいになって」

「ううん、心配してくれてるのは伝わったから。ありがとね」

ふっと優しく聖良が微笑《ほほえ》んでくる。

その笑顔はとても可愛《かわい》らしく、大和の方が照れてしまうほどだった。

「そ、そういえば、白瀬はいつもコンビニで昼飯を買っているのか？」

照れ隠しに、大和は強引に話題を転換する。

「うん。一人暮らしだし、自炊とかあんまりやらないから。いつも買うのは朝だし、そのときは食欲がなくて、毎回少なめになっちゃうんだけど」

「なるほど、白瀬は一人暮らしだったのか。それなら、あんな夜遅くに外出ができたのも納得だ」

大和《やまと》は口に出してから、再び深夜の話題を自分から蒸し返してしまったことに気づく。

高校生である聖良が一人暮らしをする理由の方が気になってしまい、それを尋ねてもいいものかと悩んでいたせいで、つい判断を誤ったのだ。

「あのときは、大和だって外にいたじゃん」

真顔で答える聖良。……怒っているわけではなさそうだ。

「あのときは……小腹が空《す》いて、なんだか無性に肉まんが食べたくなったから買いに出ただけだよ。ちゃんとあの後、真《ま》っ直《す》ぐ家に帰るつもりだったしな」

言い訳をするような形になってしまったが、全て事実である。あの日の大和は、ただ近所のコンビニに肉まんを買いに向かっただけなのだ。

そこで偶然、聖良の姿を見かけたわけで。

「でも夜道を一人で歩く私を見て、放っておけなくなったんだ。意外と真面目なんだね」

「真面目なのは見たまんまだろ。──まあ、あのときは純粋に気になったから声をかけたって感じだけど」

「ふふ、やっぱり大和は真面目じゃないね」

「かもな」

真面目じゃないと言われて嬉しくなるなんて、自分にはMの気質があるのかもしれないな……などと大和は思ってしまう。

そこで聖良が空を見上げながら、遠い目をして言う。

「けどあのとき、大和がついてきてくれて、ほんとによかった。おかげで私は、あれからずっと楽しいし」

恥ずかしげもなくそういうことを言えるのは、彼女の美徳だ。そういった面は大和の目に眩《まぶ》しく映り、憧れはすれど、自分も実践をしようとは思えなかった。

ゆえに、大和は素直になる代わりに照れ隠しをする。

「まあ法を犯さないことなら、これからもいつだって付き合うよ」

「なら、これから昼休みは毎日付き合ってよ。大和と一緒だと楽しいし、ご飯も美味《おい》しいから」

まるで大和の照れ隠しは意味がないと言わんばかりに、聖良が嬉しい申し出をしてくる。

「別にいいけど、実は母さんの弁当が目当てだったりするんじゃないのか？」

「あー、それもあるかも。今度からは私も、自分で箸を用意するね」

「まったく……」

否定しないところも可愛らしくて、照れた大和は片手で顔を覆い隠すしかない。

そのとき、予鈴が鳴った。大和にとっては救いとも呼べるタイミングである。

「お、もう終わりか」

「うん、戻ろ。さすがに何度も呼び出されたくないし」

そりゃそうだ、と大和は相槌《あいづち》を打ってから、二人で教室に戻った。

四話　クラスメイトとの交流

大和と聖良《せいら》が一緒に昼休みを過ごすようになってから数日が経《た》った。

CDショップへ行った日以来、放課後に二人で遊ぶようなことはないものの、一緒に屋上でランチをするのがすっかり日課となっていた。

その日も楽しいランチタイムを聖良とともに過ごしていたのだが、

「あ、雨だ」

聖良がぽつりと呟《つぶや》いた直後、鼻先に水滴が落ちてきたかと思えば、すぐさま大粒の雨となって降り出す。

「やば、中に入ろ」

「ああ！」

急いで屋内に戻ったものの、二人ともだいぶ濡《ぬ》れてしまった。

ブレザーを脱いでいた聖良のブラウスもびしょ濡れだが、今日は中にキャミソールを着ているようで、大和としてはホッと一安心である。

「んー、キャミが張り付いて変な感じ」

と思ったら、聖良がブラウスの胸元をパタつかせ始めたではないか。

「お、おい、俺がいるんだからパタパタするなよ！」

「あ、ごめん」

訂正。大和は全く安心などできず、むしろ新鮮な気持ちでドキドキしていた。

そんな邪《よこしま》な気持ちを切り替えるように、大和は雨音に耳を傾けながらため息をつく。

「まだ止《や》みそうにないな。こりゃあ、五限は体育館に変更か」

「あれ？　五限って体育だっけ」

「ああ。着替えなきゃいけないし、そろそろ戻ろうぜ」

「そうしよっか。ブラウスも乾かしたいし」

そんなことを大和の前でも平気で言う聖良のペースに、まだまだ大和は慣れることができそうにない。

ゆえに大和はできるだけ平静を装いつつ、聖良の透けたキャミソールの肩紐《かたひも》をちらちらと横目に見ていた。

五限の体育は雨天の影響で、男女共に体育館でバスケットボールを行うことになった。

元々、二クラス合同で行われている授業なので人数が多く、コートを半分に区切る形で男女を分けて進行するらしい。

普段の体育は男女別々《べつべつ》の場所で実施されているぶん、大半の男子が隣のコートの女子に良《い》いところを見せようと張り切っていたのだが――

「「「キャーッ！　ナイッシュ～！」」」

試合が始まると、すぐに女子たちの黄色い声援が館内に響き渡る。

けれど、女子たちの視線は男子側のコートには向いておらず。

男子そっちのけで女子の視線を独り占めにしていたのは、やはり聖良だった。

半袖ハーフパンツの体操服に着替えた彼女は、華麗なワンハンドシュートを決めた後だというのに表情一つ変えず、さらりと前髪をかき上げる。

そんな仕草もまた様になるものだから、ギャラリーの女子たちがさらに沸き立つ。

そして彼女の凛々《りり》しい姿に目を奪われているのは、男子も同じだった。

試合に出ていない男子だけではなく、試合に出場中の男子までもが気になって仕方がない様子。ちゃんとやれと注意する体育教師の言葉もろくに届かない。

もちろん、大和も例外ではない。たまたま試合に出ていなかったので、隅っこで体育座りをしながら、聖良の勇姿を脳裏に焼きつけていた。

というように、まさに男子側の授業が成り立っていないこの状況で唯一、女子からの人気を取ろうと対抗心を燃やす男子がいた。

——新庄瑛太《しんじょうえいた》である。

「おいお前ら、オレたち男子がこのままでいいのかよ⁉ オレは嫌だ！ せっかく男女が同じ場所にいるんだ！ オレはもっと、女子からチヤホヤされたい！」

皆《みな》を鼓舞するように瑛太が言うと、周囲の男子たちがその目に闘志を取り戻していく。

（あの暑苦しさにはさすがについていけないな……俺はパス、と）

相変わらず大和は体育座りを続けたまま、無関係の姿勢を崩さないつもりでいたのだが。

「おーい、倉木《くらき》！ お前も来いよ！」

瑛太が満面の笑みを浮かべながら手招きしてくるものだから、さすがの大和も立ち上がらざるを得なくなってしまった。

「……俺、運動は苦手なんだけどな」

「このまま聖女さんにばっか良い恰好《かっこう》をさせていいのかよ。倉木だってモテたいだろ」

「別に、俺は……」

本音を言えば、大和にだってモテたいという気持ちはある。

それに聖良がこれだけ持《も》て囃《はや》されている中で、男の自分が試合に出てもいないというのは、どうにも情けなく感じた。瑛太の口車に乗せられているようで、それだけが癪《しゃく》だが。

「「「「きゃあ〜っ！　カッコイイ〜！」」」」

そこで再び女子たちの黄色い声が上がる。

ちらと大和が視線を向けると、ちょうど聖良がスリーポイントシュートを決めたところだった。

「……わかったよ、俺も出る」

気づけば、大和はそう口にしていた。男の意地というやつである。

「へへ、そうこなくっちゃな」

嬉《うれ》しそうに瑛太が肩を叩《たた》いてくる。それが妙に心地よくて、大和のモチベーションは高まる一方だ。

周囲の男子もそんな二人に感化されてか、今や気合い十分である。

そうして男子側も本気で試合に取り組むようになった。無駄に大声でコミュニケーションを取ったり、得点を決めた者は雄叫《おたけ》びを上げたりと、だいぶ騒がしくはあったが。

女子側の試合が先に終わったことで休憩時間に入ったらしく、徐々に女子のギャラリーが増えていき、それが男子たちのやる気をさらに高めた。

持ち前の運動神経で最多得点を稼ぐ瑛太は、女子から割れんばかりの声援を浴びて幸せそうである。

この状況で大和《やまと》はといえば、あまり運動が得意ではないため、未《いま》だに得点を入れられずにいた。

加えて、チームメイトとのコミュニケーションもろくに取れていない。聖良との一件があって以降、大和に対する周囲の態度は軟化したが、それでも男子の中でまともに会話をするのは瑛太ぐらいである。そのせいで、完全にチームのお荷物と化していた。

大和はそんな自分が惨《みじ》めに思えてきて、隣のコートにいるであろう聖良の方をどうしても見ることができない。

しかし、試合が終盤に差し掛かったとき、大和にチャンスが回ってくる。

たまたまゴール下に立っていた大和のもとに、瑛太からパスが出されたのだ。

ゴールは目と鼻の先。あとは授業で習った通りにボールを放って、ボードの四隅に当てれば、勝手にゴールするはずだ。

（――決めてやる！）

ガコッ。

ところが、力んだ大和は狙いを外し、シュートしたボールはそのままゴールの縁を直撃。嫌な衝突音を残した後、ボールは静かに床を転がった。

――ピリリリッ……。

そして最悪のタイミングでストップウォッチの音が鳴る。試合終了の合図である。

大和は項垂《うなだ》れ、チームメイトの方に顔を向けられずに硬直してしまう。

（くそっ、最悪だ……。さすがに気まずすぎるだろ……）

チームメイトに申し訳ないという気持ちの他に、シュートを外したことが恥ずかしいやら情けないやらで、大和の頭の中はフリーズしかかっていた。

「どんまーい」

そのとき、さらっと声をかけてきたのは、休憩がてら観戦していた聖良だった。

その言葉は爽やかな風のように館内を吹き抜けていき、大和の強張《こわば》った表情を和らげる。

彼女の言葉に続くように、周囲から「どんまいどんまい」、「よくあることだし、気にすんな」とねぎらいの言葉がかけられた。

頬を引《ひ》き攣《つ》らせながらも大和はなんとか笑顔を作り、チームメイトに対して「ゴール下のシュートなのに、外してごめん」と謝ると、すぐさま瑛太が肩を組んできた。

「にしても、危ないところだったぜ。今のを決められてたら、今日のＭＶＰは倉木になってたからな。ま、オレの活躍で試合には勝ったんだし、あんま気にすんなよ！」

冗談めいた調子で瑛太はそう言って、ニカッと笑顔を向けてくる。

彼に同調するように、他のチームメイトも「勝ったし気にすんなよ」と声をかけてきた。

（やっぱり、新庄は良い奴《やつ》なんだよな）

なんとなくだが、大和が瑛太に対して感じていた苦手な気持ちは、前よりも少なくなった気がした。

「新庄には感謝してるよ。ありがとな」

「ならよし！　――つーか、聖女さんにねぎらってもらえるなんて羨ましいな～」

「まあ、友達だからな」

「友達ね～」

別チームによる次の試合が始まるので、大和と瑛太はコートの外に並んで座る。

そこで瑛太が小声になって言う。

「いっそ付き合うのもアリなんじゃね？」

先ほどよりも悪い笑顔を向けてくる瑛太に対して、大和はジト目を向ける。

「からかうつもりなら無視するからな」

「おー、怖い。でも、倉木がオレにも心を開いてくれてるみたいで嬉しいよ」

「いや、どういう思考回路をしてるんだよ」

「無意識でそれなら生粋のSだな。ってことは、聖女さんは意外とMだったり？」

聖良《せいら》がM――マゾヒストというのは違う気がする。かといって、サディストというのも違和感がある。

「あの人は、そういうので括《くく》れる性格じゃない気がする」

「ほう。それはなかなかに興味深い意見ですな」

うんうんと頷《うなず》いて関心を示す瑛太を見ていると、大和はなぜだかモヤモヤしてきた。

「あのさ、一つ訊《き》いてもいいか？」

「なんだ？」

「新庄って、その、白瀬《しらせ》のことを、す、すす……好き、なのか？」

おそるおそる大和が尋ねると、瑛太は一瞬だけ固まってから、

「ぷっ……――あはははははっ！」

と大声で笑い出した。

「お、おい、笑いすぎだって。先生がこっちを睨《にら》んでるぞ」

「だって、オレが聖女さんを好きかとか、真顔で訊いてくるからさ！　あー、腹いてぇ」

「そんなに笑うほど、おかしなことだったか？」

誰かとこうして恋愛関係の話をすることに大和は慣れていないため、ひたすら困惑するのみである。

そんな大和を見て、瑛太は申し訳なさそうに両手を合わせる。

「悪かったって。――まあ、おかしくはないな。聖女さんは美人だし、魅力的な女子だとは思う。けど、オレのタイプではないから安心してくれ」

「そうなのか」

「オレのタイプは、藤田《ふじた》先生だからさ」

瑛太が爽やかに告げた藤田先生というのは、養護教諭を務める女性である。知的で大人の色香満載といった女性で、確かにサバサバとした聖良とはタイプが違う。

突然のカミングアウトではあったものの、以前に瑛太が友人に話していたのを耳にしたことがあるので、大和はそれほど驚かなかった。

ただ、このタイミングで打ち明けてきたことには大和も困惑していた。

「へぇ……」

「だからさ、他の人は眼中にないってわけよ」

「けど、さっきは女子にチヤホヤされたいとか言ってたじゃないか」

「それはそれだって。スポーツの試合中は女子に応援された方が、やる気が出るに決まってるだろ？　それに、キャーキャー言われるのは単純に嬉しいからさ」

自分に素直という一点に関して言えば、瑛太の性格は聖良と共通している。ただまあ、人格というか、根底の部分はまるで違うものだが。

「……なんか、いろいろとすごいな。改めて実感させられるというか」

陽キャラである瑛太と大和の違いは明確だ。それを実感させられて、大和は改めて感心していた。

「そうかー？　別に普通だろ。オレからすれば、倉木の方がよっぽどすごいぜ。なんせ、あの聖女さんと仲良くなっちゃうんだもんな」

「だからそれは、本当にたまたまで……」

「わかってるって。恋愛とか、そういうのじゃないって言いたいんだろ。冷やかすつもりはないから安心してくれよ」

半ば諭されるように瑛太から言われて、大和は渋々気持ちを落ち着ける。

「なら、いいけどさ」

――ピリリリリッ……。

そこでストップウォッチの音が鳴り、同時に教師が集合の声をかける。

先に立ち上がった瑛太が手を差し伸べてきたので、大和はその手を取って立ち上がる。

「まあ恋愛にしろ友情にしろ、タイミングが大事だよな。もちろん、それが全てとは言わないけどさ」

感慨深く語る瑛太《えいた》の言葉が、なぜだか印象強く頭に残る。

大和が聖良と出会って仲良くなれたのも、タイミングが良かったからだと言える。

そう考えると、いろいろと納得がいく気がした。

「タイミングが全て、じゃないのか？」

前を歩く瑛太の背に問いかけると、顔だけこちらに向けてきた。

「違うぜ。タイミング良くきっかけが摑《つか》めても、そのあとに信頼が生まれなきゃ、結局は自然消滅するのがオチだからな」

要は努力も必要ってこった、と軽口を叩くように瑛太は締めた。

聖良とは、ちゃんと信頼関係を築けているだろうか。

信頼し合えていると断言する自信はないが、それでも全く築けていないとは思わなかった。

「……なるほどな、勉強になったよ」

呟《つぶや》くように大和が言うと、瑛太が嬉しそうに肩を組んでくる。

少し鬱陶しく感じたが、それでも振り払うことはしなかった。

「バイバイ、大和」

「あ、おう、じゃあな」

放課後になるとすぐ、聖良は別れの挨拶を告げて教室を出ていく。

ここ数日はずっとこんな感じだ。

最近の彼女は、何か用事があって忙しかったりするのだろうか。

「お、今日は一人かー？」

帰り支度を済ませたところで、瑛太がフランクな調子で絡《から》んできた。また部活の勧誘でもされるのかと思い、大和は身構える。

「帰りはいつも一人だけどな」

「なら、今日はオレと一緒に――」

「あの、ちょっといいかな？」

そこにクラスメイトの一人が割って入ってきた。

三つ編みにした栗色《くりいろ》の髪に、小柄で可愛《かわい》らしい顔立ち。それと胸元が豊かだ。やんわりとした口調と同様に、優しい笑みを浮かべている。

彼女の名前は環芽衣《たまきめい》。成績優秀で、クラス委員を務める優等生だ。小動物のように愛らしい容姿と人当たりの良さから、男女両方に人気の美少女である。

そんな人気者の女子が声をかける相手といえば、同じように人気のある者に決まってい

るだろうと大和《やまと》は考え、そっとフェードアウトしようとしたのだが、

「倉木《くらき》くんに話したいことがあるんだけど、少し時間を貰《もら》ってもいいかな？」

「えっ」「お？」

予想外の指名に動揺する大和と、愉快そうに笑みを浮かべる瑛太。

それ以外の教室に残っている者たちは全員、驚きに目を丸くしている。

周囲の視線を集めていることに気づいた芽衣は、慌てながらも身振り手振りを交えて補足する。

「その、別に大したことじゃないんだけど！　ちょっと聖女さんのことで、倉木くんに訊きたいことがあって」

途端に、「なんだ、そういうことか」と周囲は興味を失い、散り散りになっていく。大和の方はといえば、また聖良との仲を問い詰める類《たぐい》の話かと思ってげんなりした。

「いいけど、あんまり話せることはないと思うよ」

「うん、それならそれでいいから」

とは言うものの、芽衣は鬼気迫るほどに真剣な表情をしている。これはいつものように「たまたま会って意気投合しただけ」というような軽い説明では済まない気がしてきた。

会話を聞いてうんうんと頷いていた瑛太は、空気を読んだように口を開く。

「なら、オレはここでお暇《いとま》した方が良さそうだな」

「そうしてくれると助かるかな、ごめんね」

「オレ、気が利《き》く男なんで」

「あはは、自分で言うんだ。でも、ありがとう」

瑛太のキザなセリフに対しても、芽衣は愛想《あいそ》よく笑って礼を返す。

二人の会話はごく自然な友達のやりとりそのもので、これがリア充同士の空気感なのかと、大和はズレた関心を示していた。

颯爽《さっそう》と瑛太が去っていった後、芽衣が「ここじゃなんだし、場所を変えない？」と移動の提案をしてくる。

教室で聖良の話をするのは大和も避けたいところだったので、素直に同意した。

「はい、これ」

校内のひと気がないテラスに場所を移し、大和がベンチに腰を下ろしたところで、芽衣が紅茶の缶を差し出してくる。

ここへ移動する最中に自販機に寄っていたが、まさか大和のぶんまで買っていたとは。いつも大和が好んで飲んでいる物だったから、なおさら驚いた。

「あ、どうも」

大和が礼を述べてから財布を取り出そうとしたところで、芽衣に手で制される。

「お金はいいよ、こっちが付き合ってもらってるんだし」

「まあ、そういうことなら……」

タダで受け取れば、中途半端《ちゅうとはんぱ》な撤退が認められなくなることは大和も理解していたが、芽衣が持つやんわりとした雰囲気に呑《の》まれて、受け取らざるを得なかった。

それから芽衣も隣に座ったのだが、一向に口を開こうとしない。

妙な沈黙に耐えかねた大和は、気を紛らわすつもりでスチール缶の蓋を開ける。

そのまま大和がごくりと一口飲んだところで、ふぅと芽衣が息をついた。

「それじゃ、さっそく聞いてもらいたいんだけど」

今わざと、紅茶を口に含むまで待っていたんじゃないか――そう考えてしまうほど、芽衣がベストなタイミングで本題を切り出すものだから、大和の背を嫌な汗が伝う。

「えっと、何かな……？」

「実はわたし、聖女さんのファンでね。ずっと仲良くなりたいなって思ってたんだけど、なかなか上手《うま》くいかなくて……。でも、倉木くんは聖女さんと友達になれたみたいだから、どうやって仲良くなれたのか気になって」

「は、はあ……？」

「だって、最近は毎日お昼を一緒に食べてるみたいだし、体育のときもすごく仲が良さそうだった。二人がそうなったきっかけというか、経緯をわたしは知りたいの」

びっくりするくらいに早口で、けれどなめらかに『話したいこと』を芽衣は告げた。

恥ずかしさゆえか興奮のせいかはわからないが、その顔は紅潮していて、本気であるのは間違いないようだ。

彼女が話した用件は、おおよそ大和の予想通りだった。しかし、その切実な様子は見たことがないほどで、他の手合いとは執念の強さが違う気がした。

とはいえ、大和が話すことは決まっている。高校生が夜遅い時間帯に出会って、夜通し遊んだことがきっかけで仲良くなったとは、口が裂けても言えないのだから。

ゆえに、大和は愛想笑《あいそわら》いを浮かべながら答える。

「それは本当にたまたまというか、道で偶然に出会って、話をしたら意気投合したってだけなんだよ。参考にならなくて申し訳ないんだけど」

一応、嘘《うそ》は言っていない。ただいろいろな情報を省いているだけである。

「二人で何を話したの？　意気投合したってことは、何か共通点があったんだよね？」

目を輝かせて距離を詰めてくる芽衣。あまりにもぐいぐい来るものだから、大和は距離を取ろうとベンチの端に移動する。

「大したことない、ほんとに他愛のない話だよ」

「うんうん、たとえば？」

「その……好きな音楽の話とか」

「音楽の話をしたんだ！　聖女さんは何が好きなの？」

せっかく大和がベンチの端まで移動しても、芽衣は遠慮なく迫ってくる。おかげで聖良《せいら》とは少し違う果物の甘い香りがして、大和の思考は上手くまとまらない。

「ち、近いって。話すから、もうちょっと離れてくれ」

「あ、ごめんね、つい」

ハッと我に返った様子で芽衣は距離を取る。

今のがわざとではないことはわかったので、大和は渋々続きを語り出す。

「その……ボカロとか」

「ボカロか～。わたし、その辺は疎《うと》いんだよなぁ。――他には？」

「あとは……アニソン、とか」

そう口に出したところで、大和は失敗したと後悔する。

まず、この情報は虚偽である。大和との交流が始まった当時の聖良はアニソンに興味を持っていなかったし、今だってそれほど好きではないのかもしれない。

それに聖良が実はアニメ好きでも問題はなさそうだが、大和のような陰キャ男子がアニメ好きだと公言すれば、オタク扱いをされて気持ち悪がられる可能性もあるのだ。

けれど、そんな大和の心配は杞憂《きゆう》に終わったようだ。

芽衣は特に軽蔑することなく、むしろ興味津々《きょうみしんしん》な様子で「へぇ～、どんなアニメの曲が好きなの？」と尋ねてきた。

「今やってるアニメのオープニング曲で、アニメ自体は変な高校生たちがワイワイする話なんだけど、歌ってるグループの名前は『あいまい友達団』だったと思う」

気づけば、芽衣は熱心にスマホを操作していた。どうやらメモを取っているらしい。

しばらくその動作を見守っていると、メモを取り終えた芽衣が顔を上げて微笑《ほほえ》む。

「そういうの、すごくためになるよ。わたしもその曲を聴いて、今度その話題を振ってみるね」

良《い》い話題のネタを摑んだからか、芽衣はとても嬉《うれ》しそうである。

「どうして、そんなに白瀬《しらせ》と仲良くなりたいんだ？」

なぜ芽衣は聖良と仲良くなりたいのか。その理由がどうしても気になって、大和は尋ねていた。

すると、芽衣は目をぱちくりとさせてから、動揺した様子で距離を取る。

「わたしがファンだって説明だけだと、納得できないかな？」

「納得できないというか、環さんは他のファンだっていう生徒とは少し違う気がしたんだ。本気の度合いが違うというか……だから、その理由が気になって」

ふむふむと芽衣は頷《うなず》きつつ、へらっと笑う。

「そうだよね。ただのファンじゃ、ここまで回りくどいことはしないよね」

「いや、回りくどいとは言ってないけど……」

「いいよ、自覚はあるし」

芽衣は自分のココアに口をつけてから、ふぅとひと息ついて語り出す。

「わたし、聖女さんに憧れてるんだ」

「…………」

どう返答すべきか困惑する大和に構わず、芽衣は話を続ける。

「聖女さんって、周りを気にしないで自由に生きている感じがするでしょう？　そういうところがすごくかっこいいなと思ってて」

無言で頷きながら大和が同意すると、芽衣は急に顔を赤らめる。

「あ、でも勘違いしないでね！　べつにわたしは聖女さんに恋をしてるとか、そういうのじゃないから！」

「わかってるよ、最初に憧れだって言ってたし」

諭すように大和が答えると、芽衣はホッと胸を撫《な》で下《お》ろす。

「わたしっていつも、周りの空気を読もうとするところがあるから。ああいう風に堂々としていられる人になりたいんだ」

「……確かに、俺も白瀬のそういうところを見習いたいと思ってるよ。まあ俺の場合、空気を読むのも、環《たまき》さんほど上手くはやれていないと思うけど」

「あはは、確かに倉木くんはもう少し積極的になってもいいかもね」

女子から改めてそう言われると、それはそれで情けない気持ちになる。

「結構遠慮がないんだな……。まあ、できる限り精進するよ」

項垂《うなだ》れる大和を見て、芽衣は優しく微笑みながら「うん、頑張れ～」と言う。

それから芽衣はごほんと咳払《せきばら》いをして、話の締めに入る。

「まあつまり、わたしは理想の人とお近づきになりたい重度のファンってことになるのかな。だから倉木くんが先に、聖女さんと仲良くなっていたときには遠目に見て嫉妬もしたし、同時になんとか続こうと思ったわけです」

えっへん、と胸を張る芽衣《めい》。……小柄な割に胸のサイズが立派なところも、男子からの人気が高い所以《ゆえん》である。事実、大和《やまと》も一瞬だけ目が吸い寄せられてしまった。

それをごまかすように、大和も咳払いをしてから口を開く。

「それは……なんか、悪かったな。白瀬の人気があるのはわかっていたつもりだったけど、俺みたいなのが白瀬の周りにいるのは、やっぱりおこがましいよな……」

口にしていて情けない自覚は大和にもあったが、言葉が出るのを止められなかった。

そんな大和の言葉を聞いて、芽衣は即座に首を左右に振る。

「そんなことは言ってないよ。聖女さんだって倉木《くらき》くんと一緒にいたいからいるんだろうし、そういうのって、他人がとやかく言うことじゃないでしょ。わたしも、羨ましくて妬んでいただけだし」

「それは、そうかもしれないけど……」

もごもごと煮え切らない大和に向けて、芽衣はゆっくりと諭すように問う。

「じゃあ倉木くんは、わたしや他の人に『白瀬さんの友達をやめろ』って言われたら、友達をやめるの？」

問われてすぐに、大和の中で答えは出た。

「……やめない。やめたくない」

「だよね。それが聞けてホッとした」

優しい笑みを浮かべる芽衣を見ていると、大和の方も心が落ち着いてきた。環芽衣は癒《いや》し系だという評判を大和も耳にしたことがあるが、まさに評判通りの人柄である。

「ごめん、変なことを言って」

「ほんとだよ。わたしが相談しているのに、どうしてこっちが励ましてあげなきゃいけないんだか」

そうは言いつつ、大和にお節介を焼けて嬉しそうに見えるのは気のせいだろうか。

「本当にごめん」

「あはは、謝ってばっかりだね。師匠がそんなに頼りないと、弟子は不安になるんだけどな～」

芽衣の口からさりげなく『師匠』や『弟子』といった単語が出て、大和は背中がむず痒《がゆ》くなるのを感じた。

「もしかしなくても、その師匠って俺のことか？」

「うん！　聖女さんともう仲良しな倉木くんは、わたしにとって学ぶことの多いお師匠様だから」

「いや、さすがにその呼び方はやめてください……」

今この場に他の生徒の姿はないからいいが、ここで大和が承諾すれば、教室でも芽衣から『師匠』と呼ばれかねない。それだけは避けるべきだろう。

「うーん、じゃあストレートに『先輩』とか？」

「そういうことじゃなくて！　俺は環さんに敬われるような立場じゃないし！」

「なら、わたしたちは『同志』だね」

「同志？」

「聖女さんのことを尊いと思っている同志。――これなら文句ないよね？」

「まあ、そういうことなら……」

新たな関係の成立に、芽衣は「やった～！」と無邪気に喜ぶ。

妙なことになったと大和は思う反面、聖良のことを話せる相手がいるのも悪くないなと感じていた。

「それじゃ、時々聖女さんのことを相談させてもらうね！　協力が必要なときは頼んだりもするかも。その代わり、倉木くんの方にも相談したいことがあったら言って。いつでも聞くから！」

「まあ、俺にできる範囲でよければ」

「うん、それでオッケーだよ！　――あ、連絡先の交換ってしてなかったよね」

そうして芽衣の勢いに呑《の》まれる形で、連絡先を交換する。

「──これでよし、と。それじゃあ、わたしはそろそろ帰るね。また明日！」

「ああ、また明日」

どこか清々《すがすが》しい顔をして去っていく芽衣の背中を見送ってから、大和も歩き出す。

（そういえば、俺と白瀬が恋愛関係なんじゃないかって、一度も訊《き》いてこなかったな）

その時点で、環芽衣は頭が良い──というより、要領の良い人なのだろう。

聖良のことを語っているときだけは、若干ポンコツになっていたような気もしたが。

それにしても、まさかこんな形で人気者の芽衣と関わることになるとは思わなかった。

瑛太《えいた》とのこともそうだ。

あの夜に聖良と出会う前までは、自分が彼らとこうして関わることになるとは、夢にも思わなかったのだ。

けれど、これは現実だ。正直、今でも夢の中ではないかと、疑いそうになるほどである。頬を強く引っ張ると痛かったので、間違いないだろう。

それと最近わかってきたことは、自分が自意識過剰すぎたということ。

確かに大和の『元不登校』を気にする輩《やから》もいるだろうが、気にしない人もいる。

聖良はもちろんのこと、噂《うわさ》を知っているだろう瑛太や芽衣も気にしている様子はない。

それを勝手に皆から腫れ物扱いされていると決めつけて、壁を作っていたのは自分自身だったのだと、大和は今になって気づくことができたのだ。

靴を履き替えてから昇降口を出ると、夕焼け空がやけに広く感じられた。

「腹が減ったな」

自然と独り言を呟《つぶや》いてから、大和は口元を緩めて歩き出した。

五話　聖女さんとの交流

芽衣から相談を受けた帰り道。

普段から大和は自炊をしているので、今夜の献立はどうしようかと頭を悩ませていた。

そんなとき、大通りに出たところで食欲をそそる香りが漂ってくる。

この濃厚な香りは、おそらく近くのラーメン店から漂ってきているのだろう。

ちらと視線を向ければ、『魚介とんこつ専門』と銘打たれた看板が掲げられており、その店の前にはずらっと行列ができていた。

まだ開店前のようだが、それにしてもすごい人気だ。ここのラーメンは食べたことがないが、それほど美味《お》しいのだろうか。

（って、そんな財布の余裕はないだろうが）

家の冷蔵庫には買い置きした食材がいくつも残っている。それらを調理した方が、財布にはとっても優しい。

加えて、あの行列だ。今から並び始めても、店の規模的にそう早くは順番が回ってこないだろう。食べ始める頃にはすっかり日も暮れているに違いない。

（よし、我慢だ我慢）

遠ざける理由を思いついたことで、足早に店の前を通り過ぎようとしたのだが。

「「あ」」

列の中に見知った顔を見つけて、互いに目が合ったことで声をもらす。

「——おつかれ。大和は今帰り？」

その相手——白瀬聖良《しらせせいら》は、不思議そうに小首を傾《かし》げながら尋ねてくる。

「まあ、いろいろあってな。そっちは、一人でラーメンか」

「うん、ここの美味しいから」

女子高生が一人でラーメン店に入るというのは、些《いささ》かハードルが高い気もするが、それも聖良にとっては関係ないのだろう。制服姿で順番待ちの列に並ぶ度胸はさすがである。

あまりにも浮いているせいで、大和は二度見してしまったが。

こうして聖良と校外で会うのは、一緒にCDショップに行った日以来だ。

それほど前ではないのに、久々に校外で話す気がして、どう会話を続ければいいのかわからなくなる。

黙ったままの大和を見て、再び聖良は不思議そうに小首を傾げる。

「大和もラーメン食べる？　ここ、魚介とんこつ専門だけど」

「いや、俺は——」

——ぐぅ～……。

と、そこで大和のお腹《なか》が鳴った。

タイミングが良すぎて、お腹が返事をしたみたいになってしまった。

「……食べます」

恥ずかしさで顔を真っ赤にしながら大和が答えると、聖良はぷっと吹き出すようにして笑う。

「お、おい、笑うなよっ」

「ごめん、つい。——それじゃ、並ぼっか」

そう言って、聖良はあっさりと列を抜ける。

「えっ、何も白瀬が並び直さなくても」

「って言っても、もう抜けちゃったし。それに、大和と一緒に食べたいから」

聖良はさらりと言うと、そのまま列の最後尾に並び直す。

（この人は、こういうことを平然と口にするんだよな……）

先ほど以上に自分の顔が熱くなるのを感じながら、大和も列の最後尾に並ぶ。

気のせいか、列に並んでいた客の誰もがそわそわしているように見えた。

ラーメン店が開いたのは、大和《やまと》と聖良が並び始めて十分ほど経《た》った頃だった。

それからさらに二十分ほどで、大和たちは店に入ることができた。

木造の狭い店内には数人ぶんのカウンター席があるだけで、どこか老舗の雰囲気を感じさせる。

大和たちは隣り合って席に着き、通常のラーメンを二人ぶん注文する。

できあがりを待つ間、大和は空腹を紛らわすようにコップの水を飲み干した。

「はぁ～、水じゃ腹は膨らまないな」

「ここはできるの早いから、もう少しの辛抱だよ」

「今日は体育もあったし、正直もう腹がペコペコだ」

そこで聖良が耳元に唇を寄せてきて、小声で囁《ささや》くように言う。

「そういえば、お金は大丈夫？　さっきはつい誘っちゃったけど……なんなら、今日は私が奢《おご》ろっか？」

初めは何事かと大和はドキドキしていたが、意外な申し出をされてぽかんと呆《ほう》けてしまう。

それから数秒ほどして我に返った大和は、小さく咳払《せきばら》いをしてから答える。

「別に、これぐらい平気だって。確かに夕飯は家で済ませるつもりだったけど、たまに外食するくらいは問題ないぞ」

「そうなんだ」

ホッと安堵《あんど》した様子の聖良。実は大和が気づいていないだけで、いろいろと気を遣わせているのかもしれない。

それを確かめるためにも、大和は意を決して尋ねてみる。

「けど、白瀬が俺のお財布事情を気にしていたなんて思いもしなかったよ。……もしかして、最近遊びに誘ってこないのは、それが関係してるのか？」

「……まあ、そんなとこ」

聖良はコップの縁をなぞりながら、躊躇《ためら》いがちに続ける。

「この前、金欠って言ってたし。何回かそれっぽいことを言ってたから」

「ああ……」

確かに、それらしいことを何度か言った覚えはある。現に、今だって金欠気味である。

それはともかく、そんな自分の発言を聖良が気にしてくれていたのが妙に嬉《うれ》しくて、大和は自然とニヤついていた。

「あれ？　なんでニヤニヤしてるの？」

「いや、その、ちょっと嬉しくて……」

「変なの。やっぱり大和は変わってるよ」

若干引き気味になっている聖良の表情が新鮮で、大和はさらに笑みを深めてしまう。

今ばかりは変人扱いをされても否定しづらいので、ここは本題に戻ることにする。

「──ごほん。とにかく、気を遣わせたみたいで悪かったよ。金欠気味なのは確かだけど、白瀬が心配しているほどではないから安心してくれ」

「そうなの？」

「ああ。遊びに誘ってくれれば、二回に一回ぐらいはついていけると思うし」

「んー、大和の場合、遊びに誘ったらなんだかんだで付き合ってくれる気がする。だから誘っていいのか迷ってたわけだし」

ずいぶんとノリが良く思われているのか、はたまたお人好《ひとよ》しに見えているのか。いずれにせよ、ここのところ遊びに誘われなかった理由がわかったことで、大和は安心した。

「白瀬も迷ったりするんだな。──ああ、道にはよく迷うっけ」

「迷ってばっかだよ。道には迷わないけど」

ここで怒ったりしないのは聖良らしい。ついでに、方向音痴を認めないところも。

「あ、白瀬、水を取ってくれないか?」

「…………」

「白瀬?」

「自分で取りなよ。私今、取りたくないから」

否《いな》、それなりに聖良は腹を立てていたらしい。さらっと言ったものの、その顔は無表情で冷え切っている。

「あはは……。そうだよな、水くらいは自分で取らなきゃいけないよな」

反撃が来るのは予想外だったため、大和はおどおどとしつつも、水が入ったピッチャーを取ってコップに注ぐ。

すると、聖良が自分のコップを差し出してきて言う。

「私にも入れて。そしたら許してあげる」

ふっと笑った聖良の顔を見て、大和は安堵しながら水を注ぐ。

軽率にからかうことはもうやめようと、このとき大和は心に誓った。

それから間もなくして、ラーメンができあがったようだ。

目の前に置かれた魚介とんこつラーメンは、二枚のチャーシューにねぎと煮卵が載っただけのシンプルな盛り付けだった。

魚介と豚骨が調和した濃厚な香りが食欲を刺激し、口に入れる前から美味であろうことが想像できる。

「「いただきます」」

まずはこの店の作法を学ぼうと思い、聖良の方をちらと見る。

彼女は片側の髪を耳にかけると、まずはレンゲを手にしてスープを一すくい口に含む。

それから箸を手にして、持ち上げた麺にふーふーと息を吹きかけてから、ちゅるっと一気にすすった。

その後、唇についた脂をぺろりと舌で舐《な》めとると、再び麺を食べ始める。

ごくり。

思わず大和は生唾を飲んだ。

やけに聖良の食べ方が色っぽいものだから、変な気分になりそうだった。

実際には作法なんてものはどうでもよく、ただ聖良がラーメンを食べる姿を見たかっただけなのだと、そこで大和はようやく気づいた。

冷めないうちに自分も食べようと、まずはスープを一口含む。すると、魚介の濃厚な旨《うま》味《み》が口いっぱいに広がった。多少のクセはあるものの、それほどしつこくない味わいだ。

次に太めの麺を口に運ぶと、ぷりぷりとした食感とともに、魚介とんこつの旨味が舌先から押し寄せてきた。

これは美味《うま》い。行列ができるのも納得の味である。濃厚な割に食べやすいのも、人気の秘密だろう。

それからはもう止まらなかった。チャーシューを一枚頬張ってから、続けて麺を口に運ぶ。次は煮卵と一緒に。時折、水を飲んでリフレッシュして、再び麺を食べ始める。

空腹だったせいもあり、すごい勢いで大和は食べ進めていたのだが、その途中で動きを止める。

というのも、隣に座っている聖良が似つかわしくないモノを手にしていたからだ。

「白瀬、それって……」

「ん？　ニンニクだよ。ここはトッピング自由なんだ」

そう言って、聖良はニンニクが入った小瓶の蓋を躊躇《ちゅうちょ》なく開ける。

その瞬間、ニンニク特有の強烈な香りが漂ってきた。てっきり女性はニンニクを避けるものだとばかり思っていたが、聖良にとっては気にすることでもないらしい。

聖良は次々と豪快にニンニクを砕いていき、それを一気にラーメンの中に投入する。

そして聖良は躊躇なく麺を口に運んだ。

「ん～」

幸せそうに目を細めて、ニンニク増し増しの魚介とんこつラーメンを食する制服ＪＫの姿は、店内に不思議な癒《いや》しを与えていた。

それから聖良《せいら》はスープを一滴も残さず飲み干し、「ごちそうさま」と静かに告げる。

一連の光景に大和はつい見入ってしまったが、ハッと我に返るなり、すぐさま自分もニンニクを砕いて投入し、残りのラーメンをかき込む。

「俺も、ごちそうさま」

「べつに急がなくてもいいのに」

「いや、これは一種の意地だ」

一緒に来ていた女子に自分よりも男らしくラーメンを平らげられたのだから、さすがの大和も対抗せざるを得なかった。

そんな男の意地を見せた大和だったが、隣に座る聖良はきょとんとしたままである。

「意地って？」

「いや、なんでもない。……食べ終わったし、そろそろ出るか」

「だね」

会計を終えて店を出ると、外はすっかり夜の光景となっていた。

「なんかテンション上がるね」

ラーメンを食べたからか、それとも夜が訪れたせいか、やたらと聖良が生き生きとしている。このまま遊びに行こうと言い出しかねない雰囲気だ。

幸い時間はそれほど遅くないので、一～二時間遊ぶくらいなら問題ないだろう。

大和の手持ちは残り少ないが、それも貯金を下ろせば済む話だ。聖良には心配をかけたぶん、少しくらい羽目を外したって構わない気分である。

「よし、ゲーセンでも行くか」

空腹も満たされ、上機嫌になった大和は勢いのままに提案してみた。

けれど、隣に立つ聖良は困ったような顔をしていて。

「なあ、どうかしたか？　なんか、難しそうな顔してるけど」

すると、聖良はくるりと背中を向けて答える。

「ごめん、やっぱ今日は帰る」

「えっ？　なにか用事でもあるのか？」

「そうじゃないけど……」

こうして聖良が煮え切らないのは珍しい。よほど言えない事情があるのかと、大和は気になってしまった。

「なんだよ。もしかして、まだ俺の財布のことを気にしてるのか？」

ふるふる、と聖良は首を左右に振る。

理由を話してくれないこともそうだが、いつまで経《た》っても聖良がこちらを向こうとしないので、じれったくなった大和《やまと》は聖良の正面に回り込んだ。

「なあ、さっきからどうし――」

しかし、そこで聖良が帰ると言い出した理由に気づいた。

なにせ、彼女は自分の口を両手で覆っていたのだ。つまりは、先ほど食べたニンニクの匂いを気にしているということで。

「……悪い、匂ったよな」

大和も背中を向けて謝ると、聖良は小声で「別に、お互い様だし」と答えた。

「今日は帰るか」

「うん」

二人は並んで歩き出したが、その距離はいつもより半歩ぶん空いている。

けれど、よそよそしいというよりは、互いを意識しているからこその距離だった。

「……今まで一人で入ってたから、こんなに匂うなんて知らなかった」

聖良が小さな声で後悔するように呟《つぶや》く。

やはり、聖良も年頃の乙女というわけだ。

大和は聞こえていないフリをしつつ、内心では普段とのギャップを感じて、やっぱりこの人は可愛《かわい》いなと思っていた。

◇

「じゃあねっ、倉木《くらき》くん」

「え、ああ、また明日」

その日の放課後は、すぐに教室を出ていく聖良の姿を確認した後、大和もそそくさと下駄箱《げたばこ》に向かったのだが、そこで出くわした芽衣《めい》に声をかけられた。

といっても、ほんの一言だけ帰りの挨拶をされただけだが。

それでも大和にとっては、少し特別なイベントである。数日前に芽衣から『同志』認定をされて以来、今のように友好的なやりとりが続いているのだ。

芽衣は挨拶を交わした後、すぐに友人の女子たちと帰っていき、大和はその背中を穏やかな気持ちで見送っていた。

「おやおや〜、これは恋の予感ですかな？」

冷やかすような声に振り返れば、ニヤついた瑛太《えいた》の姿があった。見るからに鬱陶しい光景である。

「適当なことを言うなよ、環《たまき》さんから話は聞いてるんだろ」

芽衣と大和が同志となった翌日の休み時間には、教室で瑛太が芽衣に対して興味津々《きょうみしんしん》に尋ねていたのを確認済みだ。大方、ただのダル絡《がら》みだろう。

「ちぇ～、からかい甲斐《がい》のない奴《やつ》～」

「やっぱりただのダル絡みだったか……。今日は部活じゃないのか？」

そう言いながら、大和は靴を履き替える。

瑛太が気怠《けだる》そうにため息をついて、「そうなんだよ、今日も部活でさ～」と話し始めたところで、大和は歩き出そうとしたのだが、

「あ、いた」

ひょいっと顔を出すなり、大和に指を差してきたのは聖良だった。

てっきりもう帰ったものだとばかり思っていたが、まだ校内に残っていたらしい。

今の発言からすると、大和のことを捜していたようだが、何か用があるのだろうか。

「まだ白瀬《しらせ》も残ってたんだな。何か用か？」

「メッセ送ったんだけど、見てない？」

「えっ」

　ポケットからスマホを取り出すと、確かに聖良からメッセが届いていた。

　内容は『このあと屋上に来られる？』というもので、届いたのは十分前――ちょうど帰りのHR中だった。マナーモードにしていたせいで気づかなかったのだろう。

「悪い、今気づいた。今日なら大丈夫だ」

　すぐに大和は上履きに履き替えてから、瑛太に対して「それじゃ、またな」と告げて、聖良とともに歩き出す。

　後方から「オレと接するときとの温度差がすごいなぁ～、まあいいけどさ」と寂しそうな瑛太の声が聞こえて、大和は少し申し訳なくなった。


「それで、どうして屋上に？」

　正確には屋上前の踊り場にて、大和は聖良に用件を尋ねていた。

　踊り場の床にはすでに二枚の新聞紙が敷かれていて、これから何かが始まることだけは予想ができる。

「大和はお金がないって言ってたから、私が髪を切ってあげようかと思って」

　ジャキッと嫌な音を響かせ、聖良がハサミを片手に目的を口にした。どうやらこのために、わざわざ家から持参してきたらしい。

「えーっと……悪いんだけど、遠慮しておきます」

抵抗する意思を見せようと鞄《かばん》を担《かつ》いでみたものの、聖良はもう片方の手に櫛《くし》まで携え、やる気満々である。

「どうして？　この前の体育のときに思ったけど、結構長いよね」

「まあ、白瀬よりは短いし……」

「それなら、私が切れば大和も切る？」

「いやすみません、それだけはやめてください」

このままだと聖良は本気で自分の髪まで切りかねないので、大和はたまらず降参宣言をした。

仕方がないので、聖良から指示されるがままに新聞紙の上に座り、ブレザーとワイシャツを脱ぐ。

「Tシャツは脱がないの？」

「勘弁してくれ……」

せめてもの羞恥心《しゅうちしん》から拒むと、聖良は渋々納得してくれたようだ。

Tシャツの襟の部分に新聞紙を入れ込むようにして、クロス（髪よけ）代わりにする。

「それじゃ、始めるね」

「ああ……」

聖良は大和の背後に回り、さっそく髪に触れてくる。

その感触はなんともこそばゆいが、嫌な気分にはならなかった。

「……あんまり短くしないでもらえると助かる」

「わかってるって」

あまり自分の顔を見られたくないと考えている大和からすれば、髪はできる限り長い方がいいのだ。

それでも長すぎれば逆に目立つので、大和としては丁度いい長さをキープしていたつもりだったが……最近は美容院に行くお金もなかったので、放置しすぎたかもしれない。

そこでミストスプレーといえばいいのか、スプレー容器から噴射された霧が髪に触れてきて、少しひんやりとした。こんな物まで用意されているとは、意外と本格的である。

「冷たっ……。というか、どうしていきなり髪を切るなんて言い出したんだ？」

「言ったでしょ、体育のときに長いと思ったって」

「できれば、こういうことは事前に言っておいてほしいんだけど……」

「それはほら、サプライズってことで」

そんな会話をしている間にも、ジャキジャキと切断音が耳に届いてくる。

ちゃんとすきバサミを使っているようだが、聖良《せいら》は他人の髪を切った経験があるのだろうか。

「家族の髪とか、よく切るのか？」

「しないよ。私は一人暮らしだし」

「なら、普段は誰の髪を切ってるんだよ」

「私の髪とか」

「とか？」

「ん？　それ以外に誰かいる？」

「友達……いや、彼氏の髪とか」

聖良に特定の友人はいないことを思い出し、咄嗟《とっさ》にそれっぽいものを口に出してしまったが、言ってから後悔した。

ここで納得をされても、大和は複雑な気持ちになるところだったが、

「いないよ。彼氏とか、作ったこともないし」

そんな淡泊な答えが返ってきて、大和は心底ホッとしていた。

聖良は相当にモテているはずだが、彼氏を作ったことがないというのは意外である。全ての告白を断っているという噂《うわさ》を耳にしたことがあるが、あれは本当だったらしい。

「へ、へぇ、そうなのか」

「そういうの、よくわかんないんだよね。恋人とか、恋愛とかって」

「そ、そうか」

「うん」

　確かに、聖良がそういった特定の相手を作るイメージは湧かない。それは大和にも言えることだが。

　会話の流れ上、今度は大和の方が恋愛経験の有無を尋ねられるかと身構えていたが、しばし無言のままハサミの音だけが響き渡る。この話題は聖良にとって、それほど興味がないものなのかもしれない。

　会話が途切れたところで、大和はふと気づく。

　聖良が自分以外の髪を切ったことがないということは、つまり他人の髪を切るのはこれが初めてだということに。

「……白瀬が誰かの髪を切るのは、これが初ってことだよな。ほんとに大丈夫か？」

「平気。なんとなく、コツは摑《つか》んできたし」

「今摑んだのかよ……」

「それに、やりたいイメージは頭の中にあるから」

そう言って、聖良は大和《やまと》の正面に回ってくる。

至近距離なのでとても良い匂《い》いがするし、目線の先に聖良の胸元があるせいで気持ちが落ち着かない。制服の上からでもしっかりと膨らんでいるのが見てわかるので、いろいろと想像力をかき立てられる。

邪念を振り払うべく、ひとまず両目を閉じると、そこで聖良の手が前髪に触れてきた。

「大和の髪って、サラサラだね」

「セットはしづらいし、あんまりいいものじゃないけどな」

「そう？　私は良いと思うけど」

さりげなく褒められて、大和は自身の顔が火照《ほて》るのを感じた。

「それを言ったら、白瀬だって——」

「あ、動かないで」

「はい……」

それから数分ほどが経《た》ったところで。

「よし、終わったよ」

そう声をかけられて、目を開けるなり手鏡を差し出された。

受け取った大和は、出来栄《できば》えを確認して「おぉ」と感嘆の声を上げる。

「なんというか、あんまり変わってないな。俺としては有《あ》り難《がた》いけど」

思わずそう口にすると、聖良は使った道具を片付けながら微笑《ほほえ》んだ。

「でも、軽くなったでしょ」

「だな。首を振るとよくわかるよ」

後ろの重かった部分はちゃんと軽くなっていて、前髪やサイドの耳回りなども短くなりすぎないようにカットされている。

「満足した？」

聖良が顔を覗《のぞ》き込んで尋ねてくるものだから、大和は自然と目を逸《そ》らして答える。

「ああ、すごく良い感じだと思う。さすがに自分の髪を切ってるだけのことはあるな」

「ふふ、最近は私も美容院だけどね」

それでもすごい腕前である。お世辞でもなんでもなく、大和としては大満足の出来だ。

「これなら毎回、白瀬に頼みたいくらいだよ」

「気が向いたらね。私も大和の髪を切るのは楽しかったし、またやりたいなって思ってるよ」

会話をしながら、聖良は大和の首元についた髪を払っていく。

「よし、全部払えたよ。もうシャツを着てもいいから」

「……その、ありがとな。最初はどうなることかと思ったけど、やっぱり白瀬《しらせ》はなんでもできるんだって改めて実感したよ」

「もう、褒めすぎだって」

照れくさそうに聖良は笑い、切られた大和の髪が載った新聞紙を丸める。

「その新聞紙もわざわざ家から持ってきたのか？」

「ううん、これは美術室から貰《もら》ってきたやつ」

「それでHRの後、すぐに教室を出ていったのか」

「そういうこと」

そう答えながら、聖良はその新聞紙を自身の鞄の中に入れた。

「えっ……それ、持って帰るのか？」

「学校に捨てるのもどうかと思うし」

「なら、俺が持って帰るよ。自分の髪だし」

「いいよ。私が切った髪だから」

変な話ではあるが、自分の髪を聖良に所有物扱いされているのが大和は妙に嬉《うれ》しくて、自然と口元を緩ませていた。

「あ、またよくわからないところで笑ってる。前髪がさっぱりしたおかげで、表情がわかりやすくなったね」

これは喜ぶべきところではない気がするが、とにかく聖良は嬉しそうである。

「……言っとくけど、白瀬より俺の方が変わってるなんてことは絶対にないからな」

これに関しては大和が自信を持って断言すると、聖良はやれやれと肩を竦《すく》める。

「そういうのって、自分じゃ気づかないものだよ」

ものすごい説得力である。

「ま、まあとにかく、用が済んだならそろそろ行こうぜ」

「だね。帰ろ」

髪もさっぱりしたことだし、大和としてはこれからどこかで遊んでもいい気分だったが、聖良はもう帰るつもりらしい。

すっかり生徒の数も減った校内を歩き、下駄箱《げたばこ》で靴を履き替えてから昇降口を抜ける。

さりげなく一緒に下校していることに気づいて、大和は慌てて辺りを見回すものの、周囲に生徒の姿はなかった。

そのまま二人が別れる道に差し掛かったところで、聖良が口を開く。

「その頭、似合ってるよ。バイバイ」

そう言って、聖良は手を振って去っていった。

一人残された大和は後頭部をかきながら呟《つぶや》く。

「これからはもうちょっと、セットを頑張るかな」

今までの大和は寝癖を直すくらいで、そういうオシャレには無頓着な方だったが、これを機に見直してみようと思ったのだ。

ひとまずの目標は、聖良と並んでも恥ずかしくない男——というのは些《いささ》かハードルが高すぎるので、ここは無難に、今の自分よりも一歩前進することを決意した。

六話　ふたりの距離感

休日の朝、少し遅めに起床した大和は、リビングのテーブル上に茶封筒が置いてあることに気づいた。

その隣には置き手紙があり、『特別にお小遣いをアップしてあげるから、バイトはやめときなさ～い♪』と綴《つづ》られていた。

以前から大和は金欠問題を解決するため、母親にアルバイトをしたいと度々頼んでいたのだが、その答えがこれというわけだ。

ひとまず封筒の中身を確認すると、一万円札が入っていた。

今まで大和が追加のお小遣いを頼んだことはないし、大きな無駄遣いをしたこともない。それゆえに、母が気を回してくれたのだろう。

元々アルバイト自体がやりたかったわけではないから、これで当面の問題は解決だ。そして週末である今日、学校は休みなわけだが。

（いきなり休日に誘っていいものか……）

あとは自分から聖良《せいら》を遊びに誘うだけだというのに、大和は尻込みをしていた。

――ブブブッ。

そのとき、スマホがメッセの着信を告げる。

差出人は聖良かと期待して確認したが、相手は瑛太《えいた》だった。

『今なにしてるー？』

そんな軽い文面に対し、大和は『ちょうど起きたところだよ』と返す。

すると、すぐさま返事がくる。

『クラスの奴《やつ》らとラウワン行くから倉木《くらき》も来いよー！』

なるほど、リア充はこうやって人を誘うらしい。

以前の大和なら、休日に遊ぼうと誘われれば、飛び上がるほどに喜んだことだろう。

けれど、今は違う。他に遊びたい相手がいるのだ。ゆえに、大和は『誘ってくれてありがとう。でも今日はごめん』と返信する。

瑛太から『おー！　またなー！』と返事がきたのを確認してから、大和は別の相手――聖良に向けて、『今なにしてる？』とメッセを送る。

すると、ものの数分もしないうちに『起きたとこ』と返事があった。

先ほどの瑛太の誘い文句を参考に――すると軽くなりすぎてしまうため、『これから遊ばないか？　まだ場所は決まってないんだけど、臨時収入があったんだ』と送る。

するると、今度も間を置かずに『昼過ぎからなら』と返事がきた。

よし、と大和はガッツポーズを取り、『じゃあ一時に駅前集合で。どこかオススメの場所とかあるか？　ラウワン以外で』とメッセを送ると、『考えとくね』と返信があった。


午後一時前。

集合場所の最寄り駅前にて、実は三十分も前から大和は待機しているのだが、いよいよ約束の時間が迫ってきたことで、落ち着きのなさがピークに達しようとしていた。

そんなとき、後ろからつんと肩を突かれて、

「はいっ⁉」

思わず大和は素っ頓狂な声を上げてしまう。

その後すぐに振り返ると、そこには私服姿の聖良が立っていた。

「おまたせ。驚かせちゃってごめんね」

半袖丈の白ブラウスに黒のジャンパースカートを合わせた彼女のコーデは、カジュアルながら品を感じさせ、ハーフアップに結ったヘアアレンジも相まって、とにかく可愛《かわい》い。

普段の彼女のクールな印象とは打って変わり、とても女の子らしいその恰好《かっこう》は、はっき

り言って大和《やまと》の好みドストライクだった。

（可愛すぎて、直視できないぞこれは……）

てっきりまた、以前のようにラフな雰囲気の服装をしてくるものだとばかり思っていたから、完全に虚を衝《つ》かれた形である。

もしや彼女は、今日の遊びを『デート』だと考えているのではないか？　——そんな考えが頭の中に思い浮かぶほどに、大和は浮かれていた。

「な、なんか、今日はいつもと違う感じだな」

テンパった大和はストレートに褒めることもできず、遠回しな言い方をする。

気の利《き》かない大和の発言にも、聖良は機嫌を悪くすることなく答える。

「私、服はなんとなく着たいやつを着るから。似合ってなかったらごめんね」

「い、いやっ、むしろすごく可愛いというか！　……いや、その、服が」

「ふふ、ありがと」

素直になれない大和とは違って、聖良は素直に喜んでいる様子だ。

なんとなく着たい服を着る——その発言は、オシャレ上級者にのみ許された特権のような気もしたが、同時に聖良らしくてかっこいいなとも大和は思った。

それに比べて、大和はライトグレーのパーカーにデニムパンツを合わせたシンプル——

というか、地味な恰好である。この服装で同じ発言はできないだろう。

「今日は大和、ワックスを使ってるんだね。なんか新鮮」

自分の服装を見て落ち込む大和だったが、些細《ささい》な変化に気づいてもらえたことで、すぐにテンションが上がる。

「そ、そうなんだよ。いつもは本当に寝癖がひどいときにしか使わないんだけど、これからはセットも頑張ろうかなと思って」

「うん、良《い》いと思う。可愛いし」

……可愛い？　かっこいいではなく？

そんな落胆の気持ちが大和の中に生まれたが、気を取り直して礼を言っておく。

「ありがとな。もう少しかっこよくなれるように頑張るよ……」

訂正。全然気を取り直すことはできていなかった。

「それじゃ、行こっか」

しかし、いつも通りに歩き出す聖良の後ろ姿を見て、今度こそ大和は気を取り直した。

「それで、今日はどこに行くんだ？　場所選びを任せた手前、どこだろうと文句を言うつもりはないけどさ」

電車に乗り込んでから、座席に座ったところで大和は尋ねる。

「自由広場に行くつもりだよ」

「確か自由広場って、漫喫みたいな場所だよな」

「んー、普通の漫喫とはちょっと違うかも。ま、行けばわかるよ」

そのまま電車に揺られること五駅ほど。駅前の商業ビル内にある目的地——自由広場に着くと、そこは大和の想像していた場所とはだいぶ違っていた。

ワンフロアを丸々使用したその施設はとても広く、漫画喫茶としての機能の他にもカラオケコーナーや、ダーツとビリヤードを両方楽しめる遊技場があり、さながら小さなテーマパークであった。

「確かに、普通の漫喫とは違うな……」

「でしょ。さすがにボウリング場はないけどね」

あちらと比べれば、スポーツ的な要素は少ないかもしれないが、元々インドア派の大和にとってはこちらの施設の方が楽しめそうである。

無人機器で入場手続きを進めていると、聖良が画面に目を向けたまま尋ねてくる。

「時間はどうしよっか。三時間か六時間か、いっそ十二時間パックってのも有りだけど」

「いや、普通に三時間で……」

「わかった、三時間ね」

少し残念そうに聖良は答え、手続きを済ませる。

それから二人してドリンクバーに向かい、各々《おのおの》飲み物やアイスを用意する。

「こういうところって、普通は最初に何をするものなんだ？　あんまり来ることがないからわからなくてさ」

「んー、特に決まりはないし、やりたいことをやればいいと思うよ」

「そ、そうだよな」

優柔不断な大和にとっては、それが一番困るわけだが。

そんな大和の心情が顔に出ていたせいか、ちらと横目に見た聖良が遊技場を指差した。

「でもせっかくだし、ダーツかビリヤードに挑戦してみよっか。意外と簡単だし、なんなら私が教えるからさ」

「ああ、よろしく頼む」

というわけで、まずはダーツに挑戦することになった。

遊技場にはダーツボードが十台、ビリヤード台が七台も用意されていて、休日だからか客の数が多い。

大和たちは空いていた端のダーツボードを使用することになり、聖良から一通りのルールを説明してもらった後、さっそく実践することになった。

まずは、カウントアップというシンプルな加点方式のゲームを行う。教わった通りの投げ方で大和が矢を放つと、ボードの隅に突き刺さった。

「なんとか当たったけど、全然ダメだな……」

「初めてなんだし、どんどん投げてこ」

「だな」

一ラウンドにつき三投ずつするのがルールのため、大和はさらに二投したが、いずれも的に当てるだけで精一杯だった。

「やっぱり難しいな……全然ダメだ」

いくら初めてとはいえ、かっこ悪いところを見せてしまったことに大和は落ち込んでいた。

そんな大和の様子を見ても、聖良は気にすることなく声をかける。

「私の投げ方を見てて。最初はそれを真似《まね》する感じでいいから」

そう言って聖良は矢を構えると、そのまま腕を軽くしならせるようにして投擲《とうてき》し、矢は的の中心――ブルに突き刺さった。

その動作は終始しなやかで、手首から指先までをしっかりと連動させて投げているのが見てわかった。

「本当に白瀬《しらせ》は、なんでもできるんだな」

「私は初めてじゃないし、これぐらいならすぐにできるようになるよ」

謙遜している様子はないため、聖良はこれを本心から言っているのだろう。

おかげで、少しは自分にもできるんじゃないかと大和は思い始めていた。

「俺にもできるかな」

「できるよ」

返事をしながら、聖良は矢を続けてブルに当てていく。これで三連続である。

こういうときに遠慮も手抜きもしないのが、実に聖良らしい。彼女と接することに慣れていなければ、ここで再び気持ちが萎縮してしまうところだった。

「ほら、次は大和の番だよ。今みたいに、肘《ひじ》から先をしならせる感じでやってみて。視線は当てたい的の方に向けたままね」

「ああ！」

聖良の流麗なフォームを頭に思い描きながら、大和は肘から先をしならせるようにして投擲する。

しかし、矢は的の外に飛んでいってしまった。フォームを意識するあまり、手首から先のコントロールが疎《おろそ》かになっていたのだ。

「ぷはっ」

そのとき、聞き慣れない笑い声が耳に届く。

声がした方に視線を向けると、大学生くらいの男たちがへらへらと笑ってこちらを見ていた。

そのうちの一人が、フレンドリーな感じで話しかけてくる。

「さっきから見てたけど、彼氏くんはダーツ初心者だね。彼女ちゃんは上手《うま》いし、このまだとかっこつかないよね。──そうだ、親切なお兄さんたちが教えてあげよう」

「いや、俺たちはそういう関係じゃ……というか、今教わってる最中ですし」

「いいからいいから。みんなでやった方が、彼氏くんも早く上達するだろうしさ」

どうやら彼らは、大和と聖良《せいら》を恋人同士だと思っているらしい。それでもなお声をかけてきたのは、大和が貧弱そうに見えたからだろう。要するに、舐《な》められているのだ。

男たちは先ほどから聖良の方ばかりを見ているし、これを機に聖良とお近づきになろうという下心が丸わかりである。

対する聖良はといえば、やはりというか、彼らをいないものとして扱っているようだ。

男たちには見向きもせずに、大和に対して「どうしたの？　あと二投残ってるよ」などと言う始末。

聖良から無視をされた男たちは、揃《そろ》って不機嫌面《づら》を浮かべる。その光景を見ていると、いつぞやの不良集団とのやりとりが思い出された。

最後は聖良に手首を捻《ひね》られ、大柄な男が地に這《は》いつくばったあのときの光景は、実に衝撃的で忘れられない。

そのときの再現がこの場で起これば、今度はこちらも無事で済むかはわからない。仮に無事で済んだとしても、店側から出禁を食らったりする可能性はいくらだってある。

(奴《やつ》らのちょっかいがエスカレートする前に、なんとかしないと……！)

あれこれ考えているうちに、我慢できなくなった男の一人が聖良の肩に腕を回そうとし

——


ぐいっ。

そこで大和は咄嗟《とっさ》に、聖良の手を摑《つか》んで引き寄せていた。

そして、ありったけの勇気を振り絞って告げる。

「ダーツは彼女に教えてもらうので結構です、せっかくのデートを邪魔しないでください。——これ以上ちょっかいをかけてくるようなら、店員を呼びますよ」

店員を呼ぶという脅し文句が効いたのだろう。男たちは不満そうに悪態をつきながらも

去っていった。

「ふう……」

安堵《あんど》した大和《やまと》がひと息ついたところで、聖良は面倒くさそうにため息をついた。

「はぁ。こういう恰好《かっこう》をしてると、結構絡《から》まれるんだよね。制服のときもだけど」

なるほど、夜遅くに街を歩いていてもナンパをされなかったのは、服装が影響していたというわけだ。

それは新たな発見だが、他に気になることが大和にはあった。

真剣な顔で聖良の方に向き直り、注意を促すために口を開く。

「そのことだけど、さっきみたいな態度を取ったら、相手を逆撫《さかな》でするだけだってわかるだろ。もう少し上手くやれとは言わないけど、せめて断るくらいはするべきだ」

「……あ、うん、わかった。そうする」

素直に聖良が意見を聞き入れたことで、今さらだが、大和は彼女の手を摑んだままであることを意識してしまう。

「……それと、いきなり手を握ってごめん。あと、勝手に彼女扱いしたことも謝る」

大和が手を離してから謝罪すると、聖良はゆっくりと首を左右に振る。

「ううん、おかげで何も起きなかったし。ありがとね」

「べ、べつに、お礼を言われるほどのことじゃないって」

照れ隠しに大和が後頭部をかいていると、聖良はふっと笑ってから大和の背後に回る。

「それじゃ、ダーツを再開しよっか。今度は手取り足取り教えるから、構えてみて」

聖良は大和に寄り添うようにして、腰に手を回してくる。その体勢のまま大和の右手に触れて、丁寧に投げ方をレクチャーしてくる。

耳元には彼女の綺麗《きれい》な声とともに吐息が届き、ほぼ密着するような状況でレクチャーが続くものだから、大和はとても練習どころではなかった。

「し、白瀬、これはさすがに近すぎなんじゃ……」

「この方が覚えやすいでしょ。ほら、このまま腕をしならせるように——投げる」

指示通りのタイミングで投擲したら、見事に矢がブルに刺さった。

「おぉ、当たったぞ」

「うん、今の感覚を忘れないで」

嬉《うれ》しくなった大和はすぐに次の矢を手に取り、今度は自分一人で投げる構えに入ったのだが、

「あのさ、今日ってデートなの？」

「ぶふっ⁉」

いきなり聖良の口から『デート』なんて単語が出たものだから、大和の矢は意図しないタイミングで手元を離れた。

そしてその矢は当然ながら、的の外へ。

すぐさま大和は恨めしい視線を聖良に向ける。

「もしかして、俺のことをからかってるのか？」

すると、聖良は反論をするように答える。

「大和がさっき言ったんじゃん、『デートを邪魔しないで』って。だからそうなのかと思って」

「あのときは、ああ言うのが効果的だと思っただけで……。それについては、さっきちゃんと謝っただろ」

「彼女扱いをしたことは謝られたけど、デートについては言われてないよ？」

真顔で聖良が言うものだから、大和はどう答えるべきか悩んでいた。

（仮にこれがデートだってことになったら、困るのは白瀬の方だろうが）

デートをしようと誘っても、聖良は来てくれたのか。それを確認するつもりはないし、今日の遊びがデートだとは大和も思っていないが、その答えを想像すると虚《むな》しくなった。

そんな虚しさを紛らわすように、大和は小さくため息をつく。

「大和？」

「……なら、ちゃんと謝っとく。あのとき、デートとか言ってごめんな。本当はただの遊びなのにさ」

「べつに、謝ってほしかったわけじゃないんだけど」

どことなく聖良は不服そうだが、今の大和は誤解をされないようにするので精一杯だった。

聖良のことだし、それほど深い意味があって『今日ってデートなの？』と尋ねてきたわけではないだろう。

しかも、聖良はこれほどの美少女であるにもかかわらず、彼氏の一人も作ったことがないのだ。今までずっと、色恋の類《たぐい》には興味がなかったと見るのが妥当である。

ゆえに、彼女と今まで通りの交流を続けるためには、下心を見せるようなことがあってはならないのだと――少なくとも、大和はそう考えていた。

だからこそ、自分には決してその気がないというつもりで大和は口を開く。

「変な誤解をさせて悪かったな。ほんとに、そんなつもりはないから」

これは嘘《うそ》ではない。現に大和は、聖良を異性としてというより、憧れや尊敬の対象として見ている側面が強い。

多少は違うだろうが、芽衣《めい》が聖良に向ける感情と似たようなものである。

この話題を続けることが、聖良は億劫《おっくう》になった様子でため息をつく。

「まあいいや。じゃ、次は私の番ね」

聖良は気持ちを切り替えるように表情を引き締めて、ダーツボードに向き合う。

そして素早く投擲《とうてき》し、三連続で二十ポイントのトリプル——一ラウンド中に出せる最高得点である、百八十ポイントを叩《たた》き出《だ》した。

「すげえな……」

「ねぇ、これから賭けをしない？　今から残り六ラウンドを投げて、負けた方は勝った方にドリンクを入れてくるの」

憂《う》さ晴《ば》らしのつもりか、初心者相手にひどい勝負を仕掛けてきた。この調子じゃ、ハンデの一つもないのだろう。

「それって、完全に俺をパシリにする気じゃないか……」

「じゃあ受けない？」

挑発するような笑みを浮かべる聖良を前にして、大和の中の男が逃げてはダメだと唸《うな》りを上げる。

「望むところだ、受けて立とうじゃないか」

威勢よく大和が答えると、聖良は愉快そうに笑みを深めた。

「ほら、ジンジャーエールでよかったよな」

大和は苦い顔をしながら、注いできた飲み物を勝者に差し出す。

「お、ごくろうさま。――ん～、おいし」

勝者である聖良は、満足そうにジンジャーエールを堪能《たんのう》している。

この通り、ダーツ勝負は見事に聖良の圧勝だった。

というか、厳密には勝負にすらなっていなかったが。

「……白瀬《しらせ》だって、意地悪なところがあるじゃないか」

ぼそりと呟《つぶや》いた大和の愚痴《ぐち》を耳にしてもなお、聖良はご満悦の様子。

「ごめんね。ちょっとモヤモヤしたから、発散したくなっちゃって。弱い者いじめになったけど、おかげで良《い》いストレス発散になったよ」

「一片たりとも本音を隠す気がないな……。ったく、やられた俺はプライドがズタボロになったんだぞ」

「ごめんってば。その代わり、次はビリヤードを教えるからさ」

そう言って聖良はコップを丸テーブルに置き、ビリヤード用のキュー（球をつく棒）を手にする。

こうして聖良《せいら》がキューを手にするだけで絵になる。ダーツのときもそうだったが、彼女とオシャレな競技の相性は抜群のようだ。

ビリヤード台の前に聖良が立っただけで、周囲から視線が集まるが、同じようにキューを手にした大和が近づいていくと、途端に視線は離れていく。さながら魔除《まよ》けである。

まずは聖良から軽いルール説明を受ける。

今回はナインボールという形式のゲームをやるようで、手球と呼ばれる白い球をショットして、九番の的球をポケット（穴に落とす）した方が勝ちというものだ。

ただし、低い番号の的球から順番に当てていかなければならず、それなりに難しいのだとか。

先攻は初めに、台の中央に並べた的球に向けてショットする——ブレイクショットを行う必要があり、最初は聖良がお手本を見せてくれるようだ。

キューを構える聖良の姿は大人びた色気を感じさせ、その横顔に視線を奪われる。

指の先まで色っぽく、流れるような動作で聖良が手球をショットすると、中央に固まる的球のうちの一番に当たり、球は四方に勢いよく散らばった。

そのうちのいくつかがポケットしたので、次もまた聖良の番らしい。

けれど、聖良は浮かない顔をしていて。

「んー、ブレイクエースができなかった。スカートを穿《は》いてきたのは失敗だったかな」

「ブレイクエースって？」

それができればブレイクショットで九番を落とすことだよ。狙ってたのにな」

それができれば勝利したことになるのだが……さりげなく、聖良は先攻で勝ち越すつもりだったらしい。ここでもまた、彼女の負けず嫌いな一面を垣間見《かいまみ》た気がした。

「ずるいぞ、だから先攻を取ったのか」

「それもあるけど、大和じゃ一番の的球に当てられないかなって思ったから」

「どっちにしろ嬉しくない理由だな……」

実際に当てられる自信はないのが情けないところである。

それから聖良が二球ほどポケットしたところで、大和に順番が回ってきた。

彼女の真似《まね》をして構えてみるものの、なかなかキューを真《ま》っ直《す》ぐつき出せない。

苦戦をする大和を見かねてか、聖良がダーツのときのように密着して指導を始める。

「体勢はこう。それと、指でリングを作るの」

「へ、へぇ……」

「聞いてる？　もっと腕を伸ばして」

ってい た。

「は、はい……」

彼女の吐息が耳に吹きかかり、とってもいい匂いが鼻腔《びこう》を満たす。

ときどき柔らかいなにかが背中や肩の辺りに触れてきて、大和《やまと》は何やら変な気持ちにな

(これ、ダーツのときよりも密着してないか……?)

自然と大和は鼻息を荒くしながら、密着する身体《からだ》の感触ばかりを意識してしまう。

触れてくる指先の感触は柔らかくなめらかで、ひんやり冷たい。

その感触がまた、大和の鼓動を速くさせる。ついでに変な汗まで出てきた。

そんな大和の挙動にも構わず、聖良は指導を進めていく。

「そのままキューを動かすよ。せーのっ——」

聖良から指示された通りにキューを動かすと、しっかりと力の入ったショットをするこ
とができた。

おかげで手球は真っ直ぐに打ち出されて、狙った四番の的球に命中する。

しかし、当の大和はそれどころではなく。

「悪いけど、ちょっとトイレ……。ゲームは一人で進めてくれていいから」

「わかった、いってらっしゃい」

急いで手洗い場に駆け込んだ大和は、冷水で顔を洗って気持ちを落ち着かせる。

（なにを意識してんだ、俺は。白瀬はそういう相手じゃないだろ）

あんな美少女に密着されれば、誰だって意識してしまうことは大和もわかっているつもりだ。

それでも聖良に対しては、できる限り誠実でありたいと大和は思っているのだ。

ゆえに、気持ちを落ち着かせるために逃げてきた。戦略的撤退というやつである。

「はぁ……どんな顔で戻ればいいんだよ」

とはいえ、いつまでも彼女を一人にしておくわけにはいかない。また変な連中に絡《から》まれる可能性だってあるのだ。

「うし、戻ろう」

そうして気合いを入れ直し、大和はビリヤード場に戻ったのだが。

「あれ？　確か、ここだったよな」

自分たちが使っていたビリヤード台の上は全て片付けられ、聖良の姿が見当たらなかったのだ。

嫌な汗が大和の全身から噴き出したところで、

「おーい、大和ー。こっちこっちー」

後ろから呑気《のんき》な声が聞こえてきた。

振り返ると、やはり聖良が立っていた。両手にはソフトクリームを持っている。

「ビリヤードの道具は片付けたんだな」

「うん。なんか大和、集中できてないみたいだったし。それとこれ、大和のぶんも持ってきたんだけど、いる？」

「うん、貰《もら》うよ」

二人は遊技場を出てから施設内のベンチに腰掛けて、ひとまずソフトクリームを食べる。

濃厚なバニラ味は食べ放題の品とは思えないほどに美味である。しかし、大和はあまり食べ進める気にはならなかった。

隣に座る聖良はくつろいだ様子で、ソフトクリームを食べ終わるなり口を開く。

「これからどうしよっか。まだ時間はあるし、ファミリールームが空いてたから、なんか映画でも見る？」

その提案は実に魅力的だが、つまりは個室の中に大和と聖良が二人きりの状況となり、ＰＣの前に並んで座ることになるのだろう。なんなら、身体が触れ合う機会もあるかもしれない。

その状況を想像して、大和は自分が理性を保てるのか心配になってしまった。

「……悪いんだけど、少し疲れたかもしれない」

ゆえに、声を絞り出すようにしてそう伝えると、聖良はきょとんとしてから言う。

「そっか。じゃあ、映画はまた今度だね」

「ごめんな」

「ううん、気にしてないよ。それじゃ、そろそろ出よっか」

「ああ」

溶け始めていたソフトクリームの残りを大和が口に放り込んだところで、聖良は勢いよく立ち上がった。

無人機器で退場手続きを終え、施設の外に向かう。

その後は会話もなく、自然な流れで電車に乗った。

最寄り駅に降りたところで、大和たちは別れることになった。

「今日はその、ありがとな。楽しかったよ」

「私も楽しかったよ、ありがとね。それじゃ、バイバイ」

あっさりと別れの挨拶を告げて、聖良は去っていく。

その後ろ姿を見送りながら、大和は深くため息をついた。

◇

週が明け。

生徒たちが皆、ゴールデンウィークという名の大型連休が近づいていることに浮かれる中で、大和だけは浮かない顔をしていた。

というのも、聖良と過ごした休日の件で、未《いま》だに気まずさを感じているのだ。

そんな大和の気持ちが聖良にも伝わっているのか、二人の間に流れる空気は重い。

昼休みを迎えてもその状況は変わらず、一向に席を立とうとしない大和のもとへ、瑛太《えいた》が近づいてきて声をかける。

「なんかお前ら、ギクシャクしてね？」

どごっ。

その瞬間、芽衣《めい》が瑛太の脇腹に肘打ちを入れた。そして倒れ込んだ瑛太の代わりに、芽衣が口を開く。

「今日は倉木《くらき》くん、聖女さんと一緒にランチしないの？」

「いや、その……」

ちらと聖良の席を確認すると、すでに彼女の姿はなく。どうやら先に教室を出たらしい。

瑛太はいろいろと察しているようだし、芽衣から気を遣われているのも明らか。こんな状況で、大和も教室に留《とど》まるつもりはない。

「えっと、これから行こうと思ってたところだよ」

なんとか笑顔を作って大和が答えると、芽衣はふむふむと頷《うなず》き出す。

「それなら丁度いいや。実は連休中に、クラス全員で集まってバーベキューをしようって話になってるんだけど、倉木くんの方から、聖女さんを誘ってくれないかな?」

このバーベキューの企画は、いわゆる親睦会的なものだろう。新クラスになって一ヶ月ほどが経《た》つし、連休を機にそういう催しをするのも納得である。

ただ、クラスメイトが参加するものとはいえ、聖良がそのような大人数の集まりに参加するのは想像できなかった。だからこそ、大和が勧誘を任されたのだろうが。

「ちなみに、倉木は強制参加な」

ニッと笑いながら瑛太が付け加える。芽衣もうんうんと頷いているし、案外この二人は良《い》いコンビなのかもしれない。そもそもバーベキューをやろうと言い出したのも、この二人のうちのどちらかだろうし。

去年の大和はクラスの催しへの参加を辞退していたが、元々打ち上げなどのイベント事は嫌いではない。それにこう言われて、悪い気はしない。

「……俺はいいけど、白瀬《しらせ》が来るかはわからないぞ」

「大丈夫、倉木くんが誘えばきっと来てくれるって」

「そうだぞ、誘う前から諦めんなよ。それに倉木にとっても悪い話じゃないだろ。この機会に、聖女さんとちゃんと仲直りを――ごほっ⁉」

そこで再び芽衣の肘打ちが炸裂《さくれつ》する。脇腹を小突かれた瑛太は涙目になりながら、グーサインを向けてくる。

信頼を寄せてくれるのは嬉《うれ》しいが、それに応える自信が大和にはなかった。

「まあ、話すだけ話してみるよ」

そう言って席を立ったところで、芽衣が補足をするように言う。

「そうそう、みんなの予定的におそらく連休の最終日になりそうだから、そのことも伝えておいてね」

「わかった」

瑛太と芽衣からの――というより、クラスメイト全員からの期待の眼差《まなざ》しから逃れるようにして、大和は教室を出た。

階段を上がっていき、最上階の踊り場に到着する。

通気口の部分はすでに外されていたので、そこをくぐって外に出る。

曇天模様の空の下、大の字に横たわる聖良《せいら》の姿を見つけたので、大和はゆっくりと近づいていく。

足音に反応するように、聖良の目がぱちりと開いた。

「今日は来ないかと思った」

呟《つぶや》くように聖良は言ってから、むくりと身体を起こし、曇り空と同じ色の髪をわしゃっとかき上げる。

その表情はボーッとしているように虚《うつ》ろで、まだ目の焦点が定まっていないようだ。こちらを待つ間、眠っていたのだろうか。

ついその姿に大和は見惚《みと》れてしまいそうになりつつ、咳払《せきばら》いをしてから口を開く。

「遅くなってごめん、新庄《しんじょう》たちに声をかけられてさ」

「新庄?」

一度も聞いた覚えがないといった様子で小首を傾《かし》げる聖良。どうやら聖良は瑛太の名前すら覚えていないらしい。クラス一のイケメンも、聖女の前では形《かた》なしというわけだ。

他人に興味がない人だとは思っていたが、まさかこれほどとは。呆《あき》れた大和は、次に芽衣の名前を出してみることにする。

「なら、環《たまき》さんは？」

「あー、その子なら知ってる。あの可愛《かわい》い子ね」

どうやら芽衣のことは覚えていたらしい。その上、好印象のようだ。今の発言を芽衣が聞いたら、嬉しさのあまり卒倒しそうな気がする。

「その環さんたちから、連休中にクラスみんなでバーベキューをやるって話をされてさ。白瀬にもぜひ参加してほしいとのことだ」

「へー。大和《やまと》も行くの？」

「一応、行こうかなと思ってる」

「じゃあ行く」

思わぬ即決に大和が唖然《あぜん》としていると、聖良がぽんぽんと隣の床を叩《たた》く。

「ほら、とりあえずお昼にしよ。もうお腹《なか》ペコペコだし」

わざわざお昼を食べずに待っていてくれたらしい。その気遣いは素直に嬉しかった。

「そうだな。――あ」

そこで大和は弁当を教室に置き忘れてきたことに気づいた。

今から取りに戻ってもいいのだが、それはそれで面倒なことになりそうな気がする。

悩んだ末、大和は今日の昼飯を抜きにする覚悟を決めて、聖良の隣に座った。

「教室に弁当を忘れてきたみたいだ。戻るのも面倒だし、今日は我慢するよ」

「なら、一個あげる」

そう言って、聖良は自身の焼きそばパンを一つ差し出してきた。

「いいのか？　昼のぶんはあんまり買ってないんだろ」

「今日は二個あるし、まあ、ダイエット中？　ってことで」

これ以上、聖良が痩せるのは健康上よろしくない気もするが、そういう意味ではないのだろう。ここは素直に彼女の厚意を受け取っておくことにした。

「じゃあ、貰《もら》っとく。ありがとな」

「うん」

「いただきます」

「私も、いただきます」

隣り合ってパンにかじりつき、もぐもぐと咀嚼《そしゃく》する。

それだけでどうしてこんなにも美味《おい》しく感じるのか、大和は不思議に思いながら食べ進める。

「ごちそうさま」

「俺も、ごちそうさま」

互いにパンが一つずつしかないのであっさりとした昼食だったが、それでも満足感は十分である。

聖良と過ごすランチタイムはいつもそうだ。これといって何か特別なことをやるわけでも、すごい物を食べているわけでもないのに、終わるのが惜しくなるほどに充実感を得られる。

彼女も同じように満足してくれていたらいいな——と大和が思っていると、ふいに聖良が身を寄せてくる。

「お、おい、白瀬？」

「じっとして、取れないから」

どうやら大和の口《くち》の端《はし》に青海苔《あおのり》がついていたようで、それを人差し指で取った聖良はそのまま自身の口に入れる。

「んなっ……」

愕然《がくぜん》として取り乱す大和を見て、聖良は不思議そうに小首を傾げる。

「どうかした？　顔赤いけど」

（この人って聖女とか呼ばれてるけど、実は男をたぶらかす魔女なんじゃないのか⁉）

動揺のあまり一瞬だけそんなことを考えたが、目の前の聖女はあざといどころか、ただの天然であることを思い出し、すぐさま考えを改めた。

「い、いや、大丈夫だ。それより、他の人にこういうことは絶対にするなよ。勘違いされるからな」

「しないって。落ち着きなよ」

いつも通りに平然とした顔でなだめてくる聖良を見ていたら、次第に大和も落ち着きを取り戻してきた。

「ふぅ～……もう大丈夫だ」

すっかり平常心となった大和に向かって、聖良が淡々と尋ねてくる。

「あのさ、大和」

「なんだ？」

「私に触られるのって、嫌だったりする？」

唐突にそんな質問をされて、再び大和の頭は混乱しかけてしまう。

しかし、なんとか持ちこたえて問いに答える。

「い、嫌とか、そんなわけないだろ」

「なら、どうして昨日から私を避けてるの？　それ以外の理由だと、ダーツでひどい賭けをしたり、ビリヤードでブレイクエースを狙ったことぐらいしか思いつかないんだけど」

こういうときにも淡々と話すのは聖良らしいし、理由はどれも的外れだが、彼女なりに真剣に悩んでくれているのが伝わってくる。

そのことがとても嬉しくて、なんだか愛《いと》おしく思えた。

今日で明確にわかったことは、聖良自身は大和とスキンシップを取ることになんら抵抗がないということだ。

ゆえに今、彼女を安心させられる方法は、こちらからスキンシップを取ることになるのだろう。

肩を寄せたり、頭を撫《な》でたり、手を握ったりするだけでも構わない。そうした行動を取れば、彼女の不安を取り除くことができるはずだ。

(できるかよ、そんなこと)

人によっては、簡単なことなのかもしれない。

けれど、相手は高嶺《たかね》の花だ。そしてこちらは、よくて凡人の陰キャ男子である。

元々、聖良と自分とでは釣り合いが取れていないと感じていた大和にとっては、あまりにもハードルが高すぎる行動なのだ。

もちろんトラブルが起こった場合など、必要なときには手だって握るし、場合によってはそれ以上に触れ合うことも可能だ。

けれど、理由もなく自分から触れるのは、違う意味合いが生まれる。

今回は彼女を安心させるためだと理由をつけることもできるが、それでも今ここで触れてしまえば、元の関係ではいられなくなる気がした。

関係が崩れるのは嫌だからこそ――大切な関係を守るためにも、大和は手を伸ばす代わりに、言葉を告げる。

「……なんていうか、それは白瀬の気のせいだよ。俺は白瀬を避けたりしてないし、別にいつも通りだって」

はは、と愛想笑《あいそわら》いまで浮かべて、大和はごまかしに徹する。

不誠実な対応であることはわかっている。けれど、これ以外に方法が思いつかなかったのだ。

ゆっくりと顔を上げた聖良は、優しく微笑《ほほえ》んで言う。

「そっか。ならいいや」

罪悪感が込み上げると同時に、大和はホッと安堵《あんど》する。

これでいい、と心の中で無理やり自分を納得させた。

「あ、そうだ」

聖良は何かを思い出したように言うと、ひょいっと立ち上がる。

「初日は私、実家に顔を出さなきゃいけないんだった」

「それって、連休の話か？」

「そうそう。クラスのバーベキューって、いつやるの？」

「一応、予定は最終日みたいだけど」

「そっか、最終日なんだ」

そのとき、一瞬だけ聖良の表情が曇った気がした。

「何か予定があるのか？」

「まあね。けど平気。たぶん、終わってからでも大丈夫だから」

聖良がそう言ったところで、予鈴が鳴った。

彼女の予定とはなんなのか。それが気になりつつも訊《き》けないまま、教室に戻った。

七話　連休とＢＢＱ

誰もが待ち望んだ大型連休、俗に言うゴールデンウィーク。

その大型連休が始まってもなお、大和は浮かない顔をしていた。

理由は単純で、聖良《せいら》と過ごす予定が一切入っていないからである。

連休の初日に実家へ帰省すると言っていたが、戻りがいつになるのかはわからないらしい。

それに元々、大和はこの大型連休にあまり良《い》い印象がない。一年前の不登校時代、この時期に散々思い悩んだ過去があるからだ。

（白瀬《しらせ》はいつ帰ってくるんだろうな……）

――などと考えているうちに、瞬《また》く間《ま》に日にちは過ぎていき。

とうとう連休の最終日となった。

ここ数日の出来事といえば、何度か瑛太《えいた》から遊びに誘われたくらいである。しかし、どうにも行く気にならず、それも断っていた。

けれど、今日はバーベキューの当日である。

さすがに連休の最終日ともなれば、聖良も戻ってきているはずだと考えた大和は、早々に身支度を始めた。

「すぅー、はぁー……」

緊張をほぐすように、大きく深呼吸をする。鏡を見れば、ひどい顔がそこに映っていた。

久々に聖良と顔を合わせることができるのだから、嬉《うれ》しいという気持ちはある。

しかし、それ以上にどう接すればいいのかと思い悩み、ひたすら緊張していた。

集合時間は午後六時。その三十分前に家を出た大和は緊張感を保ちつつ、バーベキューの会場である商業ビルの屋上テラスに到着する。

服装の指定は特になかったので、紺色のパーカーにチノパンというラフな恰好《かっこう》にしたのだが、着いてみればクラスメイトたちは皆、気合いの入った恰好をしていた。

辺りをきょろきょろと見回すものの、聖良の姿はまだ見えない。

彼女が来るまでの間に心の準備をしようと思ったところで、なぜだか数年前のサッカー日本代表のレプリカユニフォームを着た瑛太が近づいてきた。

「よぉ、倉木《くらき》。来てくれたか」

「なんでそんな恰好をしてるんだ……?」

「ああ、これか。かっこいいだろ。やっぱり気合いを入れるにはこれを着ないとな」

よかった、自分以外にも場違いな恰好をしている奴《やつ》がいて――と大和は安堵する。

「倉木くん、こんばんは。聖女さんと一緒じゃないんだね」

そこで声をかけてきたのは芽衣《めい》だった。

ベージュのニットに桜色のフレアスカートを合わせていて、オシャレで可愛《かわい》らしいコーディネートである。

華やかな芽衣と並ぶと、大和と瑛太の場違い感がより際立《きわだ》つ。

「こんばんは。俺もあれから連絡は取ってなくて。やっぱりまだ来てないんだな」

「うん。参加するって連絡はしてくれたから、もうじき来るとは思うんだけど」

もしや道に迷っているのでは、と大和が心配になったところで、テラスの扉が開かれる。

そこから現れたのは、誰もが息を呑《の》むほどの美女――くっきりとした化粧に彩《いろど》られた、白瀬聖良だった。

黒地に花柄の入ったロングワンピースを纏《まと》い、ヒールの高いパンプスを履くその姿は、さながらパーティー会場を彩る令嬢のようである。

そんな大人びた恰好をした聖良の登場に、皆が動揺を隠せないでいる。

他者を寄せ付けないその冷めた表情は、学校で見せる孤高な聖女のものよりもさらに険しく、どこか空気をピリピリとさせるほどだった。

皆と同様、その姿に大和が圧倒されていると、聖良がちらと視線を向けてきた。

そのまま大和たちのもとに歩いてくると、芽衣の方に向き直って口を開く。

「ごめん、遅れた」

彼女がそう発言したことで、周囲の空気はすぐに和らいだ。

平常心を取り戻したらしい芽衣は、「全然大丈夫だよ。今日は来てくれてありがとうね」と言葉を返す。

そこで瑛太が取り仕切るように咳払《せきばら》いをし、「それじゃあみんな、今日は連休最終日だけど、新クラスの仲を深めて五月病を乗り切ろうぜ！　乾杯！」とユニークな口上を述べ、バーベキューは始まった。

開始早々、女子たちが聖良のもとへ群がる。

そのままドリンクコーナーへと聖良は連れていかれ、女子たちが目をキラキラと輝かせながらキャッキャと騒ぎつつ、聖良の容姿を褒《ほ》め称《たた》えている。

その間、放っておかれている男子たちは肉やら野菜やらを焼き始める。焼き上がった後、それを手土産にして、女子の会話に交ざる作戦らしい。これは瑛太の発案なのだとか。

「……うぅ、わたしだって聖女さんと話したいのにぃ……」

どうやら芽衣は乗り遅れたらしく、大和の袖を摑《つか》みながら、遠くの女子たちを憎らしげに眺めている。

「普通に交ざりに行けばいいんじゃないか？　環《たまき》さんなら問題ないと思うけど」

自分のことは棚に上げ、内心では袖を摑まれていることに動揺しながらも、大和は平静を装《よそお》って助言する。

しかし、芽衣はこの位置を離れるつもりがないらしい。

「ううん、まだだよ。わたしの勘だと、あともう少しでこっちに来るはずだから」

「まさか、俺を餌にするつもりか」

「当然だよ。協力してくれるって言ったよね」

女子の執念とはかくも恐ろしいものなのだと、そのとき大和は理解した気がした。

けれど、芽衣の予想も虚《むな》しく、いつまで経《た》っても聖良はこちらに来ない。

普段の彼女であれば、いくら女子に群がられても気にせず、大和の方へ直進してきそうなものだが。

「うーん、やっぱり何かあった？」

そこで心配そうに芽衣が尋ねてくる。

弱音を口に出しそうになる気持ちをぐっとこらえて、大和は強がってみせる。

「別に、特に何もないよ。あっちも多分、女子たちに囲まれて抜け出せないだけじゃないかな」

「うん、そうだね」

なんとか芽衣の前では強がったものの、大和は今にもため息をこぼしてしまいそうだった。

「おーい、倉木。お前も手伝えよー」

そんなとき、遠くで肉を焼いていた瑛太が大声で呼んでくる。

ちょうど良いタイミングだと思い、大和は芽衣に断りを入れて、そのまま瑛太のもとへと向かう。

「……はぁ～」

到着と同時に大和が大きなため息をこぼすと、瑛太が大笑いしながらトングを手渡してくる。この辺りは煙いせいか、少し涙まで出そうだった。

「倉木は意地っ張りだなぁ。環なら弱音ぐらい吐いても、馬鹿にしたりはしないと思うけどな～」

「意地っ張りで結構。それにあっちだって、白瀬と仲良くなりたくて必死なんだ。俺ばっかりが助けてもらうわけにはいかないだろ」

「おう。弱みは男同士にしか見せられないもんな」

「話を全然聞いてないな……」

「聞いてるさ。なんなら追加の相談を聞いてやっても構わないぜ？　もちろん、肉を焼きながらだけどな」

ルンルンと鼻歌交じりにコンロ上の肉や野菜をひっくり返していく瑛太に対し、大和は不満たっぷりの視線を向ける。

「……新庄《しんじょう》は肉が食べたいだけだろ」

「違うって。野菜も食べたい」

「俺、別のところで焼いてくる」

「ちょっ、待てって」

瑛太が腕を摑んでまで引き留めてくるものだから、大和も気を取り直して肉を焼き進める。

「で、どうして喧嘩《けんか》したんだ？」

視線も向けずに瑛太が尋ねてくる。

周囲には他の生徒の姿もないため、大和は藁《わら》にも縋《すが》るような気持ちで口を開く。

「別に、喧嘩したわけじゃないんだ。ただ少し、気まずくなったというか」

「……それで、その、実は新庄に訊《き》きたいことがあるんだけど」

「ほう」

「新庄にも、女子の友達はいるだろ？　そういう相手とは普通、スキンシップとかって、どれくらいするものなんだ？」

「おう、なんだ？」

「ぷっ」

吹き出しながらも必死に笑いをこらえる瑛太に対し、大和は軽蔑の視線を向ける。

「そこの肉と野菜、全部新庄が食べろよ。唾が飛んでたから」

「悪かったって、怒るなよ。——で、女の子とのスキンシップの話だったか」

「女友達とのな」

うーんと瑛太は数秒ほど考え込んでから、笑顔になって言う。

「ま、人それぞれだな。オレの場合、ハイタッチくらいならやるけど、ハグとかしてる奴らもいるし。距離感次第じゃねえかな」

「距離感か……」

それがわからなくて、大和は尋ねたわけだが。

困り顔をする大和を見て、瑛太は付け加えるように言う。

「あとは状況も関係するかな。行事とかだと、いきなりスキンシップが激しくなる奴もいるし、要はその場の雰囲気も大事ってことだ」

「その場の雰囲気……」

ますます混迷化していくような気がした。

なんとなくはその意味がわかるのだが、はっきりとしたものがない以上、不安が拭えないのである。

その不安を払拭《ふっしょく》するべく、大和はさらなる質問を繰り出す。

「なら、そのスキンシップ中に、変な気持ちになったりするか？」

「ぶふっ⁉」

思いっきり吹き出した瑛太《えいた》に対し、大和は呆《あき》れを通り越して怒りの視線を向けるが、これればかりは瑛太も物申したいことがあるらしい。

「今のは倉木も悪いだろ！　男同士で、なにを真顔で訊いてきてるんだよ！」

「こっちは至って真面目なんだけどな」

そうでなければ、大和もこんなことを尋ねたりはしない。

それほどまでに、大和の精神状態は切羽詰まっているのだ。

瑛太は釈然としない様子ながら、渋々答える。

「まあ、いくら友達同士っていっても、男と女だからな。胸が当たればドキッとするし、ムラムラすることもあるんじゃね？　相手が可愛ければなおさらな」

「そうか！」

食い気味になって大和《やまと》が反応すると、瑛太は苦笑しつつも答える。

「ま、それもそのときだけだろうけどな。後になっても、ずっとその感触やらを考えちゃうなら、それはもうアレが始まる予兆ってやつだろ」

アレが指すものがなんなのかは、さすがに大和もわかっている。

だが、それを否定したくて尋ねたのだ。

――この気持ちは断じて、『恋』ではないのだと。

「…………」

深刻な顔をして黙り込む大和の目の前に、美味《おい》しそうに焼けた牛肉入りの皿が差し出される。

「でも結局、そういうのも全て人それぞれなんだろうな。だから後悔したくなきゃ、悩むよりも先に、ありのままの正直な気持ちを伝えるのが一番だと思うぜ」

「新庄……」

まさか瑛太が、ここまで親身になって相談に乗ってくれるとは思わなかった。

（本当に良い奴《い》だよな、新庄は）

そんな風に見直してから、肉の載った皿を受け取ろうとしたところで、ひょいっと皿が引っ込んだ。

「これはダメだぞ。オレが焼いたやつだからな」

「えっ、でも今俺に渡そうとしてくれたじゃないか」

「いや、オレのやつ上手《うま》く焼けただろって自慢しただけだぜ。どうせ聖女さんに貢《みつ》ぐんだろ？　だったら他の奴《やつ》らみたいに、自分で焼いたものにしろよ」

「なっ……」

「ほら、ボーッとしてると焦げるぞ」

「やべ！」

時すでに遅し。大和が焼いた肉は、片側が真っ黒に焦げてしまっていた。

新たな肉を焼こうにも、ストックぶんがまだ届いていないようだ。

そうこうしている間に、何人かの男子が肉を焼き終えたようだ。彼らの中には聖良《せいら》にアピールしようとしている者もいて、女子の様子をちらちらと窺《うかが》っている。

このままでは、出遅れるのが目に見えている。別にこれで何かが変わるわけではないだろうが、ここで他の男子に先を越されるのは、大和の中の男のプライドが許さなかった。

（ええい、こうなればヤケだ！）

大和は自身の焼いた焦げ肉を皿に盛り、焼肉のタレをひたすらにぶっかけて歩き出す。味はこれでもごまかしきれないだろうが、あとで謝れば許してもらえるはずだ。

それよりも、聖良が自分以外の誰かの肉を食べるのは我慢ならなかった。理屈ではなく、これは意地の問題である。

そうして距離を詰めている最中、トントンと肩を叩《たた》かれたので振り返ると、芽衣《めい》が何やら不敵な笑みを浮かべて立っていた。これは何かを企《たくら》んでいる顔だ。

芽衣は美味しそうな肉が載った皿を差し出してきて言う。

「取引をしない？　ここにわたしが焼いたお肉があるよね。それを倉木《くらき》くんにあげるから、わたしの代わりに聖女さんに渡してほしいの」

「え、いいのか？」

「うん。ただし、食べた感想は必ず聞き出すこと。そして、その感想を後でわたしにこっそり教えて」

なるほど、そういう取引ならどちらにもメリットがある。大和にとっては有り難《がた》い申し出だ。

「それはいいけど、環さんが焼いた物だって言わなくていいのか？」

「それを言ったら、受け取ってもらえないかもしれないし……いいから、冷めないうちに早く行って！」

「ああ！」

先ほどよりも勇ましく、二つの皿を手にした大和は堂々と聖良のもとへ向かう。

聖良の周りにいる女子たちはすでに貰《もら》った肉に舌鼓《したつづみ》を打っているが、それでも密集していることに変わりはない。

その間に分け入るようにして、大和は聖良の目の前に来ると、右手の皿を差し出した。

「肉が焼けたから、よかったら食べないか？」

緊張に声を震わせながらも告げると、聖良は目を丸くした。

「ありがと、大和。……でも、ちょっと焼きすぎじゃない？」

その言葉を聞いて、大和がぎょっとして皿の上を見ると、そこには焦げた肉しか載っていなかった。自分が食べるぶんとして持ってきた失敗作を、間違えて差し出したようだ。

「いや、違うんだ！　本当はこっちを渡すつもりで」

そう言って芽衣に貰った皿を差し出すと、聖良はふっと笑った。

「別に焦げてたっていいけど。ここは人が多いし、ちょっと場所を変えよ」

「ああ」

周囲の誰もが聖女の笑顔に目を奪われており、隅っこのテーブルに座った二人を邪魔しようとする者はいなかった。

彼女の笑顔が、皆の邪念を振り払うほどに尊いものだったからだ。

「そっちの焦げた方はどうするの？」

いざ実食というところで、聖良が興味津々《きょうみしんしん》に尋ねてくる。

「こっちは俺が焦がしたやつだから、ちゃんと自分で食べるつもりだよ」

「へー。なら、そっちも食べていい？」

「え？　どうしてだよ」

「なんとなく味が気になって。焦げたお肉って食べたことないから」

「べ、べつにいいけど……」

「じゃあ、そっちから貰うね。いただきます」

聖良はそう言って、大和が焦がした肉を口にする。

「……ジャリジャリして苦い」

「なんかすまん……」

「でも、思ったよりはいけるかも」

「まあ、お口直しにこっちも食べてくれ」

そう言って芽衣が焼いた肉を差し出すと、聖良は口に入れるなり嬉《うれ》しそうに頷《うなず》いた。

「うん、美味しい。ちゃんとお肉だ」

「俺が焼いた方は肉じゃなくて悪かったな」

「ん？」

つい口を突いて出てしまったので、大和は観念して説明する。

「実はその肉、環《たまき》さんが焼いたやつなんだよ。焦がした俺に気を遣って、譲ってくれたんだ」

「へー。そういえば、さっきくっついてたよね」

彼女が言う『さっき』とは、肉を焼く前に芽衣と話していたときのことだろうか。あのときの聖良は他の女子に包囲されていたし、こちらを気にしていたのは意外だった。

「あー、あれはまあ……ちょっとした作戦会議をだな」

「私とくっつくのは嫌がるのにね」

「ぶふっ⁉」

思わず大和は吹き出してしまった。聖良が向けてくる視線が痛い。

だが、大和の方にも言い分はあるわけで。

「い、今のは白瀬《しらせ》も悪いだろ！　なにを真顔でそんな——」

そこまで言ったところで、大和はデジャブを感じた。つい最近、誰かが間抜けな顔をしながら、同じように異議申し立てをしていた気がしたのだ。

おかげで、なぜだか大和は落ち着きを取り戻すことができた。さらには、瑛太からのアドバイスが脳裏をよぎる。

『後悔したくなきゃ、悩むよりも先に、ありのままの正直な気持ちを伝えるのが一番だと思うぜ』

つんとしたまま肉を食べる聖良に対して、大和は一種の覚悟を決めて切り出す。

「……そのことについて、話したいことがあるんだけど」

「うん？」

「白瀬はさ、俺が白瀬とスキンシップを取るのが嫌で避けるようになったって、今でも思ってるか？」

「うん。だって、屋上で話したときの大和は、ごまかしてるって感じだったし」

さすがにあのときは、ごまかしきれていなかったようだ。

今度こそ誠意を持って話すために、大和は大きく深呼吸をしてから告げる。

「そうじゃなくて、逆なんだよ」

「えっ？」

ぽかんと呆《ほう》ける聖良の反応が意外だったせいで、大和の頭はフリーズしかける。

頭の中で状況を整理すると、緊張のあまり言葉足らずだったことに大和は気づいた。

「い、いや、違う！　逆というか、嫌じゃないって言いたかっただけで！」

「うん、大丈夫だから落ち着いて。私もちょっとびっくりしただけだから」

気のせいかもしれないが、聖良の頬がほんのりと赤みを帯びている気がする。

大和の方は、顔を熟した林檎《りんご》のように赤く染めていた。それでもなんとか冷静になろうと、再び深呼吸をする。

「――で、スキンシップの話だけど。俺は白瀬にくっつかれると、変な気持ちになるというかだな……」

「変な気持ちって？」

「その、下心が出るというか、意識しちゃうんだよ。俺と白瀬は友達だけど、同時に異性でもあるからさ」

この説明に関しては、瑛太からの意見を参考にしている部分がある。

聖良が静かに話を聞いてくれているため、大和は順を追って説明する。

「それに、そういう気持ちは友達関係を壊す原因にもなるだろ。だから俺は白瀬とのスキンシップを避けていた――というより、白瀬と距離を置いていたんだと思う」

「そっか、なるほどね。大和《やまと》がなかなか相談してくれない理由もわかったよ」

どうやら誤解はなくなったらしく、大和はホッと安堵《あんど》した。

「勝手に一人で考え込んで、本当にごめんな。これからはもっと白瀬に相談しようと思う」

「うん、そうしてくれると私も嬉しい」

ふっと微笑《ほほえ》む聖良はとても愛らしくて。

大和は照れくさく思いながらも、聖良の手をそっと握った。

「ふふ、汗かいてるね」

「緊張しっぱなしだったからな」

「私もごめんね、デリカシーとかよくわかんなくて。もうちょっと気を付ける」

「そうしてくれると助かる。それに、わかっているつもりになるよりはいいって」

「ありがと」

握る手にほんの少し力を込めると、聖良の方も握り返してきた。

ただそれは、スキンシップというよりかは握手に近いものだった。

それからしばらくの間、バーベキューは続いた。

再び大和が肉焼き要員にさせられたり、聖良《せいら》が焼肉の感想を芽衣に直接伝えたことで、芽衣が卒倒しそうになったりもしたが、楽しいクラス会を過ごすことができた。

そしてだいぶ遅い時間になったところで、クラス主催のバーベキューはお開きとなる。

参加費はなかなかの金額で、お小遣いがアップされたばかりとはいえ、大和にとっては手痛い出費となった。

けれど、そのぶん聖良とのギクシャクとした関係を修復することができたのだ。そう考えれば、参加費などタダ同然のように思えるほどである。

その場で解散となったところで、聖良が声をかけてきた。

「あのさ、このあと付き合ってほしいところがあるんだけど、ダメ？」

子供がいたずらをするときのような顔で、聖良が誘いをかけてくる。

大人びたメイクをしていても、その顔はまだあどけなさを残しているのだと、はっきりわかる表情だった。

（こんなに可愛《かわい》くお願いされたら、断れるわけないだろ……）

すぐさま大和は片手で顔を覆い隠して、考えがバレないように努める。

「ま、まあ、そんなに遅くならないなら」

「何か予定でもあるの？」

「明日はほら、学校があるし……」

「そっか」

ふっと聖良は微笑んでから、先を歩き出す。

嫌な予感がしつつも、大和は覚悟を決めて後に続いた。

八話　ミッドナイト・メリーゴーランド

「ねぇ、大和。匂うかな？」

夜道を歩きながら、聖良が身を寄せて尋ねてくる。

先ほどまでバーベキューをしていた影響で、微《かす》かに残る炭の匂いとともに、甘い果物のような香りが大和の鼻腔《びこう》をいっぱいに満たす。

「も、問題ないと思うぞ。大丈夫だ」

「ならいいけど。でも、服は着替えてくるね。メイクも落としたいし」

「……あのさ、今ってどこに向かってるんだ？」

「私の家だけど」

聖良がそう口にしたことで、大和はぴたりと動きを止める。

「な、ななな、なっ……」

「着替えるだけだから、すぐに戻ってくるよ」

「えっ……ああ、そういうことか」

ようやく大和は状況を理解する。変な早とちりをして恥をかくところだった。

「もう着くよ。そこのマンションだから」

確かにマンションが――大きなタワーマンションが建物の間から伸びているのが見える。

あそこで一人暮らしをしているのだとしたら、聖良の家は相当なお金持ちということになる。

大和の家とは何もかもが違いすぎるその建物の全貌が見えてきたところで、今度は聖良がぴたりと足を止めた。

「白瀬？　どうかしたのか？」

隣に並んだところで、マンションのエントランスが見えた。

そこには一人の女性が立っていた。

年齢は二十代前半くらいだろうか。長身のすらっとしたモデル体型で、長い黒髪に黒縁の眼鏡をかけていることで、きりっとした知的な顔立ちがより一層際立《きわだ》っている。服装もロング丈のカーディガンにスキニーパンツを合わせた大人の女性といったコーディネートで、遠目に見てもとんでもない美人であるのは明らかだった。

女性はこちらに気づいているようで、腕組みをしながら仁王立ちしている。その表情はどこか険しく、近寄りがたい雰囲気を放っていた。

「あの人、白瀬《しらせ》の知り合いか——って、ちょっ⁉」

いきなり聖良が手を引いてきたかと思えば、踵《きびす》を返して走り出したのだ。

手を強く握られているせいで、大和まで引きずられるようにして走らなければいけない。

「お、おい、白瀬！　どうしたんだよ！」

「予定変更、このまま向かうよ」

「いや、それはいいけど、白瀬はヒールで——」

「あっ」

そのとき、前を走っていた聖良が躓《つまず》いて転びそうになる。

咄嗟《とっさ》に大和は両足で踏ん張り、繋《つな》いでいた左手をぐいと引いた。

——とすっ。

なんとか大和は聖良を引き寄せることに成功したものの、今やその身体《からだ》は腕の中。

つまりは、大和が聖良を抱きしめる形になっていた。

（スキンシップの誤解がなくなったそばからこれかよ……）

こちらの胸に顔を埋《うず》めている聖良の身体は華奢《きゃしゃ》で柔らかく、ほんのり温かい。

それに、鼓動がすごく高鳴っているのがわかる。きっと、先ほどまで走っていたせいだろう。

「……大丈夫か？」

気を紛らわせるつもりで尋ねると、ひょいと聖良が顔を上げる。

「平気。大和のおかげだね」

間近で微笑む聖良の綺麗《きれい》な瞳には、大和自身の顔が映り込んでいて、思わず吸い込まれそうな感覚に襲われる。

（近っ……というか、本当に綺麗な顔をしてるよな。まるで人形みたいだ）

大きな瞳と、目元に影を作っている長い睫毛《まつげ》、整った鼻梁《びりょう》と、薄く綺麗な唇。そのどれもが造り物めいた美しさを放っていて、魅了されるように見惚《みと》れてしまう。

「大和？　ほんとに大丈夫だよ？」

そのとき聖良がそう口にしたことで、大和はハッと我に返って身体を離す。

「そ、そうだよな。悪い、ちょっとボーッとしてた」

「また変な気持ちになってたの？」

「そうそう、変な気持ちに――って、言わせるなよ……」

まさにその通りなのだが、恥ずかしいので明言は避ける。

すると、聖良は申し訳なさそうに両手を合わせた。

「ごめんね。じゃあ、行こっか」

「行くのはいいけど、どこに行くんだよ。だいたい、あの人はなんなんだ？」

「それは……電車に乗ったときにでも話すよ」

「これから電車に乗る必要があるんだな……」

本当にどこへ行くつもりなのか。

けれど、聖良がこう言った以上、今は聞き出そうとするだけ無駄だろう。

大和は承諾する代わりに、一つだけ条件を提示する。

「なら、全力疾走をするのはナシだ。白瀬は今ヒールが高い靴を履いてるんだし、次は大《おお》怪我《けが》をするかもしれないからな」

「わかった。じゃあ、小走りにする」

「あくまで走るつもりなんだな……」

なんだか、これでは逃げているみたいだ。

実際に、聖良は先ほどの女性から逃げているのかもしれないが。

それでも、今さら同行しないという選択肢は大和の中にはなかった。

「さ、行こ」

再び手を引かれ、大和はやれやれと肩を竦《すく》めながら後に続いた。

最寄り駅に到着するなり、大和《やまと》と聖良は下り方面の電車に乗り込んだ。

休日の午後十時前ということもあり、車内はそれほど混雑していない。二人は空いていた席に並んで座り、ホッとひと息ついた。

「あー、びっくりした」

くつろいだ様子で聖良が言葉をこぼす。

「それはこっちのセリフだぞ。いきなりあの女の人から逃げるみたいに走り出して、わけもわからないまま付いてきたんだからな」

「ごめんね。ちゃんと説明するから」

聖良は小さく咳払《せきばら》いをしたのち、ゆっくりと口を開く。

「あの人は私の姉だよ。たぶん、勝手に抜けてきた私にお説教をしにきたんだと思う」

あの抜群のスタイルに、遠目にもわかる美人顔ときたら、聖良の姉と言われて納得である。顔立ちこそ、あまり似ていなかったものの、雰囲気はどこか通じるものがあった。

「カラオケの会員証を貸してくれたお姉さんか」

「まあ、あれは勝手に借りてるものだけどね」

「その情報は聞きたくなかったな……。で、抜けてきたっていうのは、実家の話か？」

「うん。連休に入ってからはずっとあっちにいたんだけど、いつまで経《た》っても出られそうになかったから、途中で抜けてきたんだ」

そのおかげで、遅れながらもクラスのバーベキューに参加することができたというわけだ。案外、聖良《せいら》の家庭は厳しい決まりがあるのかもしれない。

「大変だったんだな。でも、家族の集まりよりも高校のクラス会を優先しただけで、わざわざ家までお説教しに来るなんて、さすがに厳しすぎやしないか？」

「まあね。でもそういう親だし、姉さんだって逆らったりするタイプじゃないから」

ただの友達である自分が、聖良の家庭事情にこれ以上の深入りをしていいものか、大和には判断がつかなかった。

ゆえにどう答えるべきか悩んでいると、聖良が余裕の笑みを浮かべた。

「けど、しばらくは大丈夫だと思う。今はあの辺り、車だと身動きが取れないだろうし」

聖良の姉は車を運転してきたらしい。確かにスマホのニュースによると、帰省先からのUターンラッシュの影響で、この近辺は大規模な渋滞中とある。

「でも、そういう問題なのか……？　それにそもそも、俺たちは今どこに向かってるんだ？」

行き先が見当もつかないので尋ねたのだが、聖良はいたずらっ子のように足をパタつかせながら、「内緒。着いたらわかるよ」と勿体《もったい》ぶって話そうとしない。

「電車に乗ったら説明してくれるんじゃなかったのかよ」

ふてくされるように大和が言うと、聖良は仕方ないといった様子で答える。

「今向かってるのは、私の秘密基地だよ。これ以上はほんとに、着いてからのお楽しみってことで」

聖良は淡々と言ってから、もう話すつもりはないとばかりにスマホをいじり始める。

秘密基地——その言葉の響きは、なんとも魅力的なものに聞こえる。実際、大和も期待に胸を膨らませ始めていた。

（なるようになるか）

決して投げやりになっているのではなく、前向きな意味合いで大和はそう思った。

彼女と一緒であれば、大抵のことはなんとかなるような気がしていたのだ。

もちろん根拠などはないが、それだけ大和も聖良を信頼しているのだった。

◇

電車に二十分ほど乗ったところで、目的の駅に着いた。

改札を抜けるなり、聖良はスマホとにらめっこを開始する。

「……どこに行きたいんだ？」

「内緒」

「秘密基地の場所すらわからないんじゃ、もうお手上げだな」

呆《あき》れる大和に構わず、聖良は進行方向を指差す。

「そういえば、こっちだった」

「いや、地図を確認した後に言われてもな……」

聖良はぷいっとそっぽを向いて歩き出す。

（そういえば、こんな時間に外を歩くのって、白瀬と最初に遊んだ日以来だな）

そんな風に大和は感慨に浸《ひた》りながら後ろを歩いていたのだが、デパートの方へと聖良が向かっていることに気づいて呼び止める。

「おい、白瀬。もう十時を回ってるし、中には入れないと思うぞ」

先に見えるデパートには照明が点《つ》いておらず、営業していないのは明らかである。

そこで聖良はポーチバッグから手帳を取り出すと、それをかざして得意げに言う。

「平気。これがあるから」

「……いや、それただの生徒手帳だろ」

頭痛がしてきたので額に手を当てていると、聖良が空いたもう片方の手を握ってくる。

「ちょ、おい白瀬っ」

「いいから、ついてきて」

彼女に手を握られると、どうにも大和は逆らえなくなる。

それにこうして手を引かれながら歩くのが、心地いいとさえ思えてしまって。

「ああもう、わかった！　ついていけばいいんだろ！」

手は離さずに、むしろぎゅっと握り返す。

そうして建物の裏に回り、職員用出口に着いたところで、聖良が警備員の男性に自らの生徒手帳を見せると、あろうことか敬礼をされたではないか。

そのまま中に入ることを許可され、聖良は扉を抜けるなり、職員用エレベーターのボタンを躊躇《ちゅうちょ》なく押す。

その間、唖然《あぜん》とし続けていた大和だったが、ようやく声を絞り出して尋ねる。

「なあ、どういうことなんだよ……？」

「んー、私がここの関係者って感じかな」

まだまだ疑問は尽きないのだが、そこでエレベーターの扉が開く。

「ほら、乗るよ」

そのまま手を引かれて中に入ると、聖良は『R』のボタンを押した。

「屋上に行くのか？」

「うん」

屋上といっても、高校の屋上に行くのとはわけが違う。

ここはデパートであり、今は営業時間外だ。イレギュラーにもほどがある。

異様な状況に大和が萎縮するうちに、エレベーターは動き出す。

そのまま最上階へ向けて止まることなく上がっていき、瞬《また》く間《ま》に目的地である屋上に到着した。

キン、と到着音が鳴り、扉が開いた先には真っ暗闇が広がっていた。

「お、おい、本当にここで合ってるのか？」

B級ホラー映画のモブキャラばりにビビってみせる大和を見て、聖良は愉快そうに微笑《ほほえ》む。

「合ってるよ。暗いから、足元に気を付けてね」

そう言って、聖良は再び大和の手を引きながら歩き始める。

真っ暗なフロアの中で、明かりと呼べるものは誘導灯のグリーンライトのみ。

途中で聖良がスマホのライトを点けたものの、それでも照明としては心もとない。

しかし、少し歩けば、屋外へと繋《つな》がる通用口が見えてきた。

聖良はポーチバッグの中から今度は鍵を取り出し、通用口の錠を外した。

ガチャリと開閉音を響かせ、扉が開くとともに夜風が吹き込んでくる。

そのまま屋外に出ると、一気に視界が開けた。

頭上の月は雲に隠れ、高い建物ゆえに周囲は相変わらず暗いままだが、それでも屋内よりかは幾分かマシである。

暗くてよく見えないが、視界の先にはいくつか物体のシルエットがあるのがわかった。

「ここって、もしかして……」

一つの推測が大和の中に立ったところで、繋がれていた聖良の手が離れる。

「おい、白瀬《しらせ》？　どこだ？」

ほのかなぬくもりを唐突に失ったことで、大和は動揺を隠せずに辺りを見回す。

「こっち」

少し遠くから聖良の声が聞こえて、大和がその方向に振り返ったところで――

バンッ。

機械の作動音のようなものが聞こえたかと思えば、辺りが一瞬にして明るくなった。

その眩《まばゆ》さに思わず目を伏せるものの、すぐに慣れてくる。

視界いっぱいに広がるのは、たくさんの小型電球に照らされたアトラクションの数々だった。

つまりここは、屋上遊園地というわけだ。

「ようこそ、私の秘密基地へ」

目線の先に立っていた聖良が、嬉々《きき》とした笑顔で言う。

「……すごいな。驚いた」

大和はそう返すので精一杯だった。まさに語彙力を失っていたのだ。

夜空の下、ちりばめられた色とりどりの電球が彩《いろど》るのは、動物を模した乗り物や、キャラクター物のゴーカート、目玉であろう小型の観覧車に、極めつきは豪奢《ごうしゃ》に作り込まれたメリーゴーランド。

そのどれもが哀愁漂うレトロな雰囲気を醸《かも》し出《だ》し、眺めているだけで涙腺を刺激されるような気さえした。

そんな空間の中に佇《たたず》んでいた聖良は、誇らしげに両手を広げて微笑む。

「これを大和に見せたかったんだ。見せられてよかった」

その笑顔は優しく、けれど寂しそうにも見える。

心配になった大和は、触れられる距離まで近づいた。

「こんな素敵な景色を、見せてくれてありがとう。けど、こんなことまで出来るなんて、白瀬は本当にすごい奴《やつ》なんだな」

聖良はゆっくりと首を左右に振る。

「このデパートは元々、うちのおじいちゃんがオーナーだったから。それにこの遊園地は、もう営業してないんだ。ちょうど二年前のゴールデンウィーク最後の日に、閉園することになってね」

つまり、この場所はもう一般客には開放されていないということだ。こうして形が残っているだけでも奇跡なのかもしれない。

「だとしても、すごいことだろ。そんな偉大な人が身内にいるんだからさ」

「そうだね。そういう意味だと、すごいかも」

「ああ。このアトラクションって、全部動くのか？」

「ううん、観覧車は動かないんだ。でも小型の乗り物ならお金を入れれば動くし、メリーゴーランドはちゃんと整備もされてるから、一緒に乗れるよ」

「じゃあ乗るか！」

どことなく寂しそうな聖良をなんとか元気づけたくなって、大和《やまと》は大声で誘う。

すると、聖良は笑顔のまま小さく頷《うなず》く。

「だね。準備するから、ちょっと待ってて」

そう断りを入れてから、聖良《せいら》はメリーゴーランドの脇に設置されたスタッフ専用の個室に入る。

メリーゴーランドは回転する床の上で馬が上下に動く遊具であり、起動させるためには操作機器を使う必要があるようだ。

どうやら操作を終えたようで、聖良は個室を出てくるなり、大和の手を引いて小走りになる。

「あと十秒で動くから乗るよ」

聖良に騎乗を促されたことで、大和は手前に設置されたキャラメル色の馬に跨《また》がる。

その隣の白馬に聖良が横乗りしたところで、メリーゴーランドは動き出した。

体感速度はなかなかのもので、吹きつける風が気持ちいい。オレンジ一色にライトアップされた中を、本物の馬に騎乗して進んでいるような感覚が味わえるものだから、自然とテンションも上がる。

「あはは、やっぱ楽しー」

無邪気な少女のように聖良は笑っている。よっぽどメリーゴーランドが好きなようだ。

ＢＧＭは流れていないが、大和の脳内にはのどかな曲が流れていた。それほどまでに、はしゃぐ聖良が可愛《かわい》かったのだ。

（メリーゴーランドがこんなにいいものだとは思わなかった……）

楽しそうにはしゃぐ聖良を隣で眺めるという眼福にあずかり、大和の脳内は完全に興奮状態である。

そうしているうちにあっという間に終わってしまい、木馬が動きを止めたところで、聖良が目を輝かせて言う。

「ねぇ、もう一回乗らない？」

「……なら俺は近くで見てるから、白瀬はもう一度乗るといいよ」

「わかった」

大和が同乗しない理由はただ一つだ。

彼女がはしゃぐ姿を、柵の外からも眺めてみたいと思ったからである。

再びメリーゴーランドは動き出し、今度は馬車に乗った聖良がとても嬉《うれ》しそうにはしゃぐ。

パシャリ。

そのとき、大和はスマホのカメラで聖良の姿を撮影した。

すると、気づいた聖良がピースを向けてくる。

パシャリ。

その姿をスマホに収めた大和は、とんでもない幸福感を味わっていた。

（思わず撮ったけど、白瀬も嫌じゃないみたいでよかった……）

その間にも聖良が手を振ってきて、大和も手を振り返しながら、スマホのカメラで連写する。

二度目のメリーゴーランドも瞬く間に終わり、聖良はまだ乗り足りないといった様子で戻ってきた。

「やっぱり何回乗っても飽きないんだよね、ここのメリーゴーランド」

「本当に好きなんだな」

「まあね。――というか、いっぱい写真撮ってたね。あとで送って」

「え、ああ、もちろん」

あとで消しておいてと言われたらどうしようかと思っていたところである。そう言われても、おそらく消さなかっただろうが。

それから聖良はゴーカートやメロディペット（動物を模した乗り物の正式名称）に触れながら歩き回り、そのまま自販機の方へと向かった。

その後ろに続いていた大和は、なんとなくそれらを見て尋ねる。

「あの動物のやつには乗らなくていいのか？」

「うん。子供用の乗り物だし、私が乗ったら壊れちゃうかもしれないから」

「いや、大丈夫だと思うけどな。さすがに俺は乗れないけど」

「ふふ、大和が乗ったら間違いなく壊れちゃうだろうね。——どれがいい？」

自販機の前で聖良が尋ねてくる。どうやら奢《おご》ってくれるつもりらしい。

「じゃあ、この場の雰囲気に合わせて缶コーヒーの微糖で。あったかいやつな」

「それ、ここが渋いって言いたいの？　別にいいけど」

微糖コーヒーのボタンを聖良が押したところで、大和も硬貨を投入して尋ねる。

「そっちはどれにする？」

「もう、それだと意味ないじゃん」

聖良はむっとしてみせるが、すぐさま笑顔になって「じゃあ、私はブラックで」と答える。

「さりげなく対抗してくるんだよな……」

まるでお子様扱いをされているような気がして、今度は大和の方がむっとしながらも、ブラックコーヒー（無糖）のボタンを押す。

取り出し口から二本の缶コーヒーを聖良が取ると、微糖の方を大和に差し出してくる。

「サンキュー。にしても、ブラックが飲めるなんて、白瀬は大人だな」

「……まあね」

返事をする前に間があったような気がしたが、おそらく気のせいだろう。聖良とブラックコーヒーの組み合わせは妙にしっくりくるし、むしろ苦手なイメージの方が湧きづらいほどだ。

ふたを開けて微糖コーヒーをぐびっと飲むと、ほのかな甘みとともに、コーヒー特有の苦味が押し寄せてくる。

(久々に飲んだけど、これならブラックでもいけそうだな)

思いのほか、甘みを余計に感じたのだ。

対する聖良は、ブラックコーヒーに口をつけるなり一言、

「にがっ」

べっと舌を出し、聖良は苦そうに目を細めている。

そんな姿を見た大和は笑いをこらえるのに必死である。なにせ、ここで彼女をお子様扱いすれば、きっと意地でもブラックを飲み干そうとするからだ。

聖良がブラックコーヒーを飲めないのは意外だったが、人は見かけによらないということだろう。

そう実感した大和が笑いを表に出さなかったおかげか、聖良も無理に飲み干す気はないようだった。

そこで聖良はバツが悪そうに目を逸《そ》らしながら、

「私、これ飲めないや。でも、捨てるのはもったいないし、大和に飲んでほしいんだけど……」

「え、いや、それ、もう口つけたやつなんじゃ……」

こうして聖良に頼られるのは嬉しいが、それはつまり『間接キス』をするということ。

うぶな大和にとって、この要求は難題だ。

ヘタレな大和が思い悩む間にも、聖良が直球で尋ねてくる。

「私は気にしないけど、大和は嫌？」

「その、嫌とかじゃなくて。俺も一応男だから、そういうことを気にしてしまうというかだな……」

「そっか、わかった」

そう言って、聖良は再びブラックコーヒーに口をつけようとしたので、たまらず待ったをかける。

「……やっぱり、俺が飲むよ。白瀬《しらせ》に無理はさせたくないし」

「ありがと」

笑顔でお礼を言いながら、聖良がブラックコーヒーの缶を手渡してくる。

その飲み口には、薄《うっす》ら口紅がついていて……それを目にした途端、大和の心臓の鼓動は早鐘のように打ち始めた。

しかし、缶を受け取った手前、今さら後には引けない。

邪念を振り払うように深呼吸をした後、大和は覚悟を決めて一気に飲み干した。

「……ふぅ」

……初めての間接キスは、ビターな大人の味がした。

未《いま》だに心臓の鼓動は速いままで、意識すると顔が熱くなってくる。なんとか動揺が顔に出ないようにしているが、しばらくは平静を取り戻せそうにない。

そのとき、聖良がちらちらと、大和の手にするもう一方——微糖コーヒーの缶を物欲しそうに見ていることに気づく。喉の渇きがまだ潤されてはいないのと、単純にどんな味なのか興味があるのだろう。

「……飲むか？　俺の飲みかけでよければだけど」

すでに大和の方は間接キスを済ませているので、幾分かは抵抗感を持たずに勧めることができた。

「うん、飲みたい」

嬉々《きき》としながら聖良は缶を受け取り、躊躇《ちゅうちょ》なく飲み始める。やはり聖良は間接キスになることなど気にしていないようで、大和《やまと》は先ほどの自分を思い返して情けなくなった。若干、聖良が苦そうに顔を歪《ゆが》めているようにも見えたが、きっと気のせいだろう。

——ぽつ。

そこで雨粒が鼻頭に落ちてきた。どうやら小雨《こさめ》が降り出したらしい。

「中に入るか？」

「ううん。どうせ雨宿りするなら、あっちにしよ」

そう言って聖良が指差したのは、隅に設置された小型の観覧車だった。

「あれは動かないんじゃなかったのか？」

「動かないけど、中には入れるよ」

先導するように聖良が歩き出し、乗車位置に止まっているゴンドラの入り口を開ける。

「ほらね」

「動かない観覧車に乗るのは初めてだな」

「やだ？」

「そんなことはないよ。ただ、珍しいこともあるものだなと思っただけで」

　大和が女子と二人きりで観覧車に乗るのは、これが初めてである。その初体験が動かない観覧車というのは、なんとも複雑な気持ちになる。

　けれど、嫌なわけじゃない。むしろ貴重な経験をできることに感謝したいくらいだ。

「なら、早く入ろ。雨が強くなってきてるし、濡《ぬ》れたら風邪を引くかもしれないから」

　確かに、先ほどよりも雨脚《あまあし》が強くなっている。このまま雨に打たれるのも悪くない気分だったが、風邪を引くわけにはいかないので、聖良《せいら》に続いてゴンドラの中に入る。

　向かいに座ったことで、その距離がとても近いことに気づいた。

「結構、狭いんだな」

「だね。私もこんなに狭く感じるとは思わなかった」

　どうやら聖良自身も、この観覧車に乗るのは久々のことらしい。

「……床が抜けたりしないよな？」

「平気だって。家族連れとかカップルが乗る想定で作られてるんだし」

「へ、へぇ……」

　聖良の口から『カップル』という単語が出たことで、大和は妙に意識してしまう。

　先ほど間接キスをしたこともあり、自然と彼女の唇を見てから、気まずくなって顔ごと逸らす。

それでもやっぱり気になって、ちらと横目で見たら、今度はばっちりと目が合った。

「なんか私の顔についてる？」

「い、いや、大丈夫だ。俺が挙動不審に見えたとしたら、それは緊張しているからで……その、女子と二人で観覧車に乗るのは初めてだからさ」

自分の失態をごまかすつもりが、焦《あせ》るあまりに墓穴を掘ってしまう。

そのことを情けなく思いながらあたふたしていると、聖良がふっと微笑《ほほえ》んだ。

「なら、お互い様だね。私も緊張してるから」

「えっ」

その意外なカミングアウトに、大和はぽかんと呆《ほう》けてしまう。

施設側の窓に目を向けながら、聖良は続ける。

「おじいちゃんがさ、ずっと前に言ってたんだ。『聖良に大切な男の子ができたら、一緒に乗るといい。とってもきれいな景色が見えるよ』って。それってこういうことだったのかなって思ったら、なんか落ち着かなくなっちゃって。おかしいよね。もう観覧車は動かないから、街の景色は見えないのにさ」

どこか憂うように、そして懐《なつ》かしむようにして語る聖良。

同じように大和も窓の外を見ると、降り注ぐ雨粒とともに無数の明かりが広がっていて、その幻想的な光景に心を奪われた。

「確かに、きれいだな」

「よかった。見えてる景色は同じみたい」

視線を聖良の方に戻すと、再び目が合う。先ほどとは一転して、彼女は屈託のない笑みを浮かべていた。

こうやっていつも、白瀬聖良は臆することなく直球で接してくる。

そんな聖良が大和にとっては憧れの存在であり、同時に大切な人でもある。

――大切な人。

そう改めて実感をしたことで、大和は彼女の事情に踏み込むことを決めた。

「考えてみれば、俺は白瀬のことをほとんど何も知らないんだよな。これだけ一緒に過ごしているのにさ。何が好きなのかとか、一人のときにはどんな風に過ごしているのかとか、それに……白瀬の、家族のこととかもさ」

視線を逸らすことなく大和が言うと、聖良は目を丸くして驚く。

それからしばらく頭を悩ませたのち、聖良はゆっくりと口を開いた。

「言われてみれば、あんまり話したことはなかったね。どこから話せばいいかな」

「白瀬が話してもいいと思える範囲でいいんじゃないか」

んー、と聖良は唸《うな》ってから、考えがまとまったとばかりに続ける。

「好きなものはカラオケで、一人のときにはゲームをやったり、漫画を読んだり、音楽を聴いたりしてるよ。それと、ラーメンが好き。嫌いなものは、砂糖が入っていないコーヒーかな」

こうやって聞いていると、ほとんどが大和の知っている情報ばかりだ。

普段、大和の方から尋ねることはほとんどなかったが、一緒に過ごすうちに、どんどん聖良の方から素の部分を見せてくれていたということだろう。

嫌いなものに関しては、まさにリアルタイムな内容だったわけだが。

話を聞きながら相槌《あいづち》を打つ大和に対し、聖良は淡々と続ける。

「それから家族のことだけど、父は商社の経営者で、母もその補佐をしてる。姉さんは海外を飛び回っていたけど、最近こっちに戻ってきたみたい。——それで、このデパートのオーナーだったおじいちゃんだけど、二年前に辞めてからは管理も父に任せて、今は田舎で暮らしてるよ」

さらりと流すように説明されたが、大和はとても驚いていた。

父親が商社の経営者ということはつまり、聖良はれっきとした社長令嬢ということになるからだ。

高層マンションで女子高生が一人暮らしをしているのだから、当然その家も裕福だろうとは思っていたが、やはり大物家族だったらしい。以前に授業をサボった際、教師陣がやたらと聖良に気を遣っていたのも、このことが関係しているのかもしれない。

「お父さんが社長なんて、白瀬はやっぱりすごいな」

「すごくないよ、それは私の功績じゃないしね。今の私はまだ、何もできないただの子供だから」

そう語る聖良はどこか辛《つら》そうで、これ以上踏み込んでいいものかと躊躇《ためら》いそうになる。けれど、子供が何もできないのは、決して悪いことではないはずだ。少なくとも大和にとっては普通のことだし、それをもどかしく思える聖良の方が稀有《けう》なのではないか。

そう思った大和は、自らを奮い立たせてさらに問いかけることにした。

「白瀬が一人暮らしをしている理由とか、訊《き》いてもいいか？」

家族のことと関係があるのかどうか、気になったのだ。

すると、聖良は小さく頷《うなず》いて答える。

「私が一人暮らしを始めた理由は……言いなりになっていた自分を変えるため、かな。半分、家出みたいなものだよ」

言いなり、というのは親の言いなりになっていたということだろうか。聖良には似つかわしくない気もするが、現在の姿こそが変わった後の状態なのだとしたら、それも納得がいく。

彼女が『半分、家出みたいなもの』と口にした通り、今は親との仲が良好とは言えないのも察しがつく。

尋ねる前の大和であれば、どちらも想像すらしなかったことだ。

「白瀬《しらせ》が誰かの言いなりになる姿なんて、俺には想像もできないけどな。自分の意思で変わって今の状態になったんだとしたら、やっぱり白瀬はすごいよ」

本心から大和がそう言うと、聖良は嬉《うれ》しそうに微笑んだ。

「ありがと。そう言ってもらえると嬉しい」

それから聖良は俯《うつむ》きがちになって、懐かしむように語り出す。

「中学までの私は、習い事ばっかりやってて、遊ぶことはほとんどなかったんだ。それで本当に辛いときにはここに来て、息抜きをしてた」

社長令嬢で習い事づけの毎日というのは、絵に描いたようなお嬢様の姿だ。

それを『言いなりになっている』と表現するのも理解はできる。

けれど、今の聖良の姿を知っているがゆえに、そのときの光景を想像するのは難しい。

息抜きにこういった場所を訪れるところは、聖良らしいが。

「そのときの経験がどれくらい大変だったのかは、正直俺には想像もできない。でも、この場所に白瀬の思い出がたくさんあるってことだけは、なんとなくわかる気がするよ」

「うん。たくさんの思い出があるし、ここは大事な場所だよ。――それも、もう終わりだけどね」

声のトーンを下げて、聖良は『終わり』という言葉を口にした。

その姿はとても寂しそうに見えて、大和はたまらず立ち上がった。

「確かにもう営業は終了しているみたいだけど、この場所はまだ残ってるだろ。これからだって、たまにはこうして来ればいいじゃないか。なんなら、俺を誘ってくれてもいい。いつだって、予定が空いてれば付き合うからさ」

いくら言葉を尽くしても、聖良の表情は変わらない。

それゆえに、この場所の行く末を察してしまう。

「……なくなるのか、ここ」

こくり、と小さく聖良は頷いた。

「いつだ？」

「来週には、撤去作業を始めるみたい。これでも長く残った方だよ」

軽口を叩《たた》くように聖良は言うが、やはり思うところがあるのだろう。その表情は曇ったままだ。

「どうにかならないのか」

「ならないよ。お客さんを呼べないのに二年間も残っていたんだから、それだけでも十分すぎるくらいだし」

「それで、いいのか？」

「いい。寂しいけど、今の私なら納得できるから」

どうやら、大和《やまと》は勘違いをしていたらしい。

この場所がなくなることについて、聖良の中ではとっくに覚悟が決まっていたようだ。

それゆえに、最後の機会として今日この場を訪れたのだろう。

「そうか。ならいいんだ」

「うん」

「けど、俺も一緒でよかったのか？」

そう尋ねると、聖良は顔を上げて目を合わせてくる。

「もちろん。私にとって大事な場所を、大和にも見せたかったから」

「白瀬……」

こんなにも、聖良から大切に想《おも》われている。

そのことがただひたすらに嬉しくて。大和は幸福感を噛《か》み締《し》めながら、これほど幸せなことがあってもいいものかと自問していた。

そして、自分もこの気持ちに報いたいと、そう思うようになっていた。

「俺も何か、白瀬に返せるものがあればいいんだけどな」

再び座り直して大和が言うと、聖良《せいら》がポーチバッグの中からスマホを取り出す。

「それならほら、これを貰《もら》ったし」

見せてきたスマホのケースには、パンダのキーホルダーがぶら下がっていた。

これはゲームセンターに行ったときに大和が取って、そのままプレゼントした物である。付けていることには前から気づいていたが、改めて言われると照れてしまう。

「いや、そんなものじゃなくてさ……」

「これも思い出でしょ。私にとっては大切だよ」

さらりと言い切られて、大和はさらに照れてしまいそうになる。

「そうかもしれないけど、こっちのプライド的な問題だよ。……俺ばっかりが、白瀬からいろいろと貰いっぱなしになっているような気がしてさ」

真剣に悩んでいることを打ち明けたおかげか、聖良も考え直してくれたらしい。

そして何やら閃《ひらめ》いた様子で聖良は言う。

「なら今度、遊園地に連れていってよ。すごく大きいところに行ってみたい」

「ああ！　わかった」

「それと、旅行も行きたい。温泉とか。あとは夏になったらプールも行きたいな」

「お、おう」

　思ったよりもぽんぽんと出てくる。

　この要望は全て、大和にとっても嬉しいものだが、金銭面だけが気がかりである。

「それに、大和の家にも行ってみたいかも。どんなところで大和が暮らしてるのか、興味あるし」

「いや、それは……」

「ダメ？」

　可愛《かわい》く懇願するように尋ねられたことで、大和の胸の辺りがきゅっと締め付けられる。

「ま、まあ、うちなんかでよければ」

「やったー。楽しみ」

　そんなことで聖良の気が晴れるのであれば、お安い御用である。

　ふと窓の外に目を向けた聖良が大和の膝をつついてきて、つられて大和も窓の外に目を向けると、雨はすっかりその勢いを弱めていた。

「そろそろ出よっか」

「だな」

「……あれ、開かない」

聖良がゴンドラの戸を開けようとするが、どうにも苦戦している様子。

内側のレバーが錆《さ》びているのか、なかなか下がらないようで、聖良は立ち上がって体重をかけるようにして試みる。

聖良が踏ん張ることによって、ゴンドラがぐらぐらと揺れた。軽く酔いそうになるほどである。

「なあ、俺が代わろうか？」

こういうときこそ男子の出番とばかりに大和は申し出るが、半ば意地になっている聖良は「いい、私が開けるから」と言い、断固として代わろうとしない。

意外と子供っぽいところがあるんだよな、と大和は微笑《ほほえ》ましい気持ちで見ていたのだが、

「ん〜っ……あっ――」

――ガチンッ。

そこで唐突にレバーが下がり、体勢を崩した聖良が大和の方へ倒れ込んでくる。

そのまま大和の膝の上に、尻餅をつくようにして着地。膝の上に聖良が座り込む形にな

ってしまった。

（こ、これは、いろいろとまずいだろ……）

聖良のお尻の柔らかな感触が直《じか》に伝わってきて、大和はよからぬ気分になっていた。

「ごめん、大丈夫？」

「大丈夫じゃ、ない……」

悶々《もんもん》としてしまい、変な汗が出てくる。

そんな大和の様子を見て、聖良はすぐさまどいてから、申し訳なさそうに両手を合わせる。

「ほんとにごめん、痛かったよね。立てる？」

聖良が手を差し出してきたので、その手を取ったものの、大和は腰を屈《かが》めて立ち上がるのが精一杯だった。男子なりの事情というやつである。

ひとまずゴンドラの戸は開いたが、代わりに大和は気まずさを覚えていた。

ゴンドラを出るなり、聖良が納得したように頷く。

「やっぱり、レバーが錆び付いてたんだね。外から見るとはっきりわかる」

「……次から、こういう力がいる作業は俺に任せてくれ。白瀬は女子なんだからさ」

「合気道を習ってたこともあるし、力には自信がある方だったんだけどな」

やはり、聖良には武道の心得があったらしい。中学までやっていたという習い事の一環だろうか。

だとしても、武道の心得があるのと、単純な腕力があるかどうかはまた別の話である。

いくら聖良が合気道で強かったとしても、男の大和の方が腕力はあるだろう。

ゆえに、ここはしっかりと言っておく必要がある。

「そうだとしても、ちゃんと俺を頼ってくれよ。白瀬に怪我《けが》をされたら困るからな」

かっこつけて言ったものの、本当は先ほどのようなラッキーハプニングを防ぐためである。

そんな風に大和は見栄《みえ》を張ったわけだが、それに気づいていない聖良は渋々頷《うなず》いた。

そこでふと、聖良が頭上を見上げる。

「雨、止《や》んだね」

聖良の言う通り、すでに雨は止んでいた。

濡《ぬ》れた床が照明の光を反射していることで、この場所の幻想的な雰囲気がさらに強まっている。

その中を聖良は歩きながら、振り返って言う。

「でも床は濡れてるから、滑らないように気をつけてね」

そんな風に注意を促すのは、本来であれば男の役目なのだが。

こうして聖良からリードされることに、大和はすっかり慣れ始めていた。

「なんか、白瀬《しらせ》ってかっこいいよな」

「え？」

不思議そうに聖良は小首を傾《かし》げる。唐突だったので、驚くのも無理はない。

そう思った根拠を述べるように、大和はしみじみと続ける。

「いつもリードしてくれるし、真《ま》っ直《す》ぐ物怖《ものお》じせずに考えを伝えてくれるし、いざってときには男の俺よりも頼りになる。……ほんと、すごくかっこいいなって思ってるよ」

これだけ理由を挙げたというのに、聖良は納得がいかない様子で顔をしかめる。

「不満か？」

「さっきかっこ悪いところを見せたばっかりなのに、今褒められてもって感じ」

どうやら先ほどの観覧車の件を引きずっているようだ。大和としても、あまり掘り返したくない案件である。

「それに」

付け加えるように聖良は告げる。

「いざってときに頼りになるのは、大和も同じでしょ」

　さらりと言われても、大和にはその心当たりが一切ないので、無理やりお世辞を言われているような気がしてならない。

「いいんだぞ、無理に気を遣わなくても。……逆に傷付くし」

「違うって。今だってそうだし」

「どういうことだ？」

　聖良にしては珍しく言いづらそうにしながら、けれど決心をしたように告げる。

「実は私、本当はここに来るのが怖かったんだ。ここがなくなるって、実感しちゃう気がしたから」

　真っ直ぐに大和を見据えて、聖良は無表情で続ける。

「でも、大和が一緒に来てくれたから、勇気を出せた。……ほらね、大和は頼りになってるし、私は全然かっこよくなんかない」

　言い終える頃には目を伏せていて。

　まさか聖良がそんな風に思っていたとは想像もしていなかったので、大和は顔を火照《ほて》らせながらも答える。

「そ、それは、白瀬がかっこよくないって理由にはならないだろ。誰かを頼ることができて、最後には勇気を出すことだってできたんだから」

「そうかな？」

「ああ、そうだ。白瀬はかっこいいよ。俺が保証する」

堂々と言い切った大和《やまと》を前にして、聖良はきょとんとした顔をしている。

それから聖良は数歩進んで、メリーゴーランドの方を眺める。

「さっきも、私が白馬に乗ってたもんね」

白馬の王子様の話だろうか。確かに、聖良に白馬はよく似合っていた。

「だな。男としては悔しい気もするけど、俺よりも相応《ふさわ》しいし、凛々《りり》しかったよ」

褒めたはずだが、聖良はむっとしたような顔をする。

「白瀬？」

けれど、名前を呼べばすぐさま笑顔になって、こちらに振り返る。

「今度二人で乗るときは、大和が前に乗ってね」

そう言って満面の笑みを浮かべる聖良の背には、照明の光が当たっていた。

それはまるで後光が差しているように見えて、初めて話したあの日のように思わざるを得ない。

（やっぱり、聖女っぽいよな）

数週間前の出来事を思い出しながら、大和も笑って答える。

「ああ、相乗りするならもちろん前に乗るぜ。次は俺が白馬の王子様だ！」

「ふふ、期待してる」

自分で言ってから恥ずかしくなったものの、嬉《うれ》しそうな聖良《せいら》の顔が見られたので、後悔はなかった。

もう聖良は寂しそうにしていない。

これから先、二人で新しい思い出を作ることを約束したからだろう。

「ありがとね、大和」

「ああ、こちらこそだ」

互いに礼を言ってから、聖良が「じゃあ、落としてくるね」と言い、一帯の照明と繋《つな》がっているブレーカーを落とそうと歩き出したところで、

「もういいのかな、セイちゃん」

屋内からそんな声がかかったかと思えば、長い黒髪の美女——聖良の姉が現れた。

「げ、いたんだ」

バツが悪そうに聖良は顔をしかめる。

そんな聖良のもとへ、聖良の姉はゆっくりと近づいていく。

「着いたのは今さっきだけどね。にしても、逃げたら潜伏先がバレないとでも思った？

ほんと、手間をかけさせる妹なんだから」

「追ってくる方も大概だよ——いたっ」

聖良が姉からデコピンをお見舞いされたのだ。むすっとしてそっぽを向く聖良に対し、聖良の姉ははぁとため息交じりに告げる。

「減らず口も相変わらずね。それに今、何時だと思ってるの？ もう子供は出歩いちゃいけない時間なの、わかってる？」

「…………」

「だいたいね——」

「あの」

そこで大和は口を挟んだ。

自分が部外者だということは重々承知の上だが、それでもただ傍観している気にはならなかったのだ。

説教を中断されたことで聖良の姉は不機嫌になるかと思えば、きょとんとした顔で横目にこちらを見る。どうやら大和の言葉の続きを待っているようだ。

意を決し、大和は真っ直ぐ視線を逸《そ》らさずに言う。

「俺は白瀬と同じ学校に通っている、倉木《くらき》大和といいます。それで、その、今日のことは白瀬だけのせいじゃないというか、俺にも責任があるんです。だから、白瀬のことをあまり叱らないであげてください」

しっかりと大和の言葉を聞き終えたのち、聖良の姉は無表情で尋ねてくる。

「きみ、この子の彼氏？」

「ち、違いますけど……」

「ただの友達か。——わたしはこの子の姉の白瀬礼香《れいか》よ。もう遅いから、家まで送っていくわ。続きは車の中で話しましょ」

パチリ、とそこで聖良の姉——礼香がウインクを飛ばしてきた。

今度は大和の方がきょとんとしながら、聖良とともに、大人しくその後に続いた。

「へぇ～、大和くんってセイちゃんと同い年なのね。てっきり年下かと思ったよ～」

礼香が運転する車内にて。なぜか助手席に座らされた大和は、二人の関係に興味津々《きょうみしんしん》といった様子の礼香から、興奮ぎみに話しかけられていた。

「あはは……俺、そんなに子供っぽく見えますかね」

「いやいや、うちの妹が老《ふ》け顔なだけだから！」

「姉さんにだけは言われたくない」

聖良が後部座席から不満そうに口を挟む。

けれど、車内の雰囲気はそれほどギスギスしていない。デパートの屋上にいたときのヒリついたやりとりが嘘《うそ》のようである。

礼香は知的なその容姿から受ける印象とはまるで違う性格のようで、騒がしくてやけに明るい。はっきり言って、大和の苦手なタイプの相手だ。

そういう理由もあり、大和は余計に気まずさを感じていたのだが、礼香は気にすることなくグイグイと質問攻めにしてくる。

「大和くんとセイちゃんは、同じクラスになるまで話したこともなかったんだよね。やっぱり、大和くんは彼氏の座を狙ってるわけ？」

「狙ってないですよ。そこまで身の程知らずなつもりはないですし」

「ぷぷっ、セイちゃんってそんなにお高く思われてるんだ。ならこの子、やっぱり友達も少ないんじゃない？」

どこまで話していいものかと悩みながら大和は答える。

「少ないというか、多分俺だけですね。みんな、白瀬のことを孤高な聖女だと思ってますから」

「ぷふっ！　セイちゃんが聖女って、ぷくくっ……今の高校生は面白いねぇ。この無愛想な変わり者が聖女か～。確かにこの子、見てくれだけは完璧だもんねぇ」

「もう私は寝るから、声のボリューム落として」

後ろに座る聖良はすっかり不機嫌になってしまった。これは話しすぎたかと、大和は少し反省する。

それからしばらくの間、妙な静寂が場を支配して。

「ほら、もう寝ちゃったよ」

唐突に礼香が口を開いたかと思えば、確かに後ろでは聖良がすぅすぅと小さな寝息を立てていた。

聖良の寝顔を見る機会というのはなかなかに貴重であり、その可愛《かわい》らしい姿に心が癒《いや》される。

しかし、すぐに大和は視線を隣に向けて尋ねる。

「あの、もう怒ってないんですか？」

これは車に乗る前からずっと気になっていたことだ。

そもそも礼香は聖良のことをどう思っているのか。車内での会話を聞く限り、仲が悪そうには見えなかったが、それでも本人の口から聞かなければ判断がつかない。

「別に、元々怒ってないわ。さっきは大人として最低限のお説教をしただけだし」

「そうですか。なら、白瀬《しらせ》の家の前で待っていたのはどうしてですか？」

「そんなの当然、お説教をするためよ。この子は親の言うことも聞かずに、勝手に家の集まりから抜け出したんだから」

「でもそれは、高校のクラス会に参加するためですよ。事前に店の予約だって取ってあったんです」

「そっちの事情は知ったこっちゃないのよ。少なくとも、うちの親はね。こちらの事情が最優先で、どうするのかを判断するのもこちら次第。――そういう親だから」

そんなものは横暴だとか、勝手だと口にしたい気持ちは大和の中にもあった。

けれどその前に、礼香のどこか他人事《ひとごと》な態度が気になった。説教をしにきたのは礼香自身だというのに、自分の意思は別にあるとでも言わんばかりだ。

「お姉さんは、どちらの味方なんですか？」

自然と口を突いて出たのは、そんな質問だった。

礼香は少し驚いたようだが、すぐに笑みを浮かべる。

「わたしは誰の味方でもないわ。ただ、父や母に言われたことをこなしに来ただけ。セイちゃん――妹は今も、あの人たちに期待されているからね」

「期待、ですか」

「そ。きみは知らないだろうけど、この子って本当にすごいのよ。昔からピアノにバレエに茶道、華道や合気道まで、何をやらせてもすぐに才能を発揮して、凡人では到底辿《たど》り着けないような領域に達するの。勉強だってそう。この子が本気で取り組めば、どこの高校だろうが簡単に受かっていたでしょうね。いわゆる、なんでもできる『天才』ってやつなのよ」

それらは大和も知らなかった情報だ。聖良がなんでも器用にこなすのはわかっていたつもりだったが、こちらの予想を遥《はる》かに超えた『天才』だったらしい。

唖然《あぜん》とする大和を横目に見て、礼香は呆《あき》れた様子で続ける。

「でも天才って存在は、同時に孤独にもなるでしょ。理解できないものは怖いと思うのが、普通のことだから。そして孤独なこの子が心の拠《よ》り所《どころ》を失えば、道を踏み外すのも当然よね」

礼香が口にした『心の拠り所』というのは、先ほどまでいたデパートの屋上遊園地を指しているのだろう。そしてこの場合の『失う』というのは、二年前に閉園した件を言っているに違いない。

そう考えると、礼香がさも正論のように語る意味も理解はできる。

しかし、楽しむことに貪欲な聖良の在り方を、否定する気にはどうしてもなれなかった。

「確かに、白瀬は普通の人とは違うのかもしれません。けど、俺は白瀬から拒絶されない限りは離れませんよ。それに、もし本当に白瀬が道を踏み外そうとしたら、俺がちゃんと止めます」

自分の思いを真《ま》っ直《す》ぐに、半ば対抗意識を燃やすような形で大和《やまと》が告げると、礼香は優しく微笑《ほほえ》んだ。

「つまり、今度はきみがこの子の拠り所になるって言いたいのかしら」

「そんなんじゃありません。あの場所の代わりになるものはないでしょうし、俺はただ、自分が白瀬と関わっていきたいだけですから」

大和にとって聖良と関わり続けることは、初めて見つけた『やりたいこと』である。

それを簡単に手放すほど、大和はできた人間ではないのだ。

そんな大和の決意表明とも取れる発言を耳にすると、礼香は大きくため息をついた。

「さすがはあれだけ恥ずかしいことを言い合っていただけのことはあるわね。ほんとに、大した『お友達』だわ」

「あの、いつから聞いてたんですか？」

「さあね。これが若気の至りで終わらないことを祈っているわ」

そこで車が停車する。どうやら大和の家の近くに着いたようだ。

「ほら、セイちゃん。ボーイフレンドのお帰りよ」

「ちょっ、わざわざ起こさなくていいですって」

大和としてはあまり聞かれたくない話をしていた直後なので、今起きられると少し気まずい。

「……ん～、もう着いたんだ」

そこで聖良《せいら》が目を覚ました。

寝起きだからか、やけに顔が赤い。それにまだ眠いのか、目を合わせようともしてくれない。

「悪いな、起こして」

「ううん、今日はありがと。また明日ね」

聖良はそう言ってから身を乗り出し、大和の頬にぺちっと触れてきた。

「お、おう……？　また明日な」

まだ彼女は寝ぼけているのかもしれないと思いつつ、大和は車を降りる。

そこで窓が開き、礼香が意味深な笑みを浮かべて言う。

「それじゃ、今後とも妹をよろしくね。また会いましょ。おやすみなさ～い」

「あ、はい、今日は送ってくださってありがとうございました。おやすみなさい」

……できればもう礼香とは顔を合わせたくないというのが、大和の本音であった。

発進する車を目で追っていると、後方の窓から聖良が手を振ってくるのが見えた。

自然と大和も手を振り返して、車が見えなくなったところでふぅと息をつく。

今日だけでもいろいろなことがありすぎて、とにかく疲労感がすごい。今すぐベッドに倒れ込みたい気分だ。

「明日は学校か」

口に出したことをすぐに後悔したものの、聖良が別れ際《ぎわ》に言った「また明日ね」という言葉と、頰に触れられた感触を思い浮かべたら、一転して気持ちが楽になった。

去年の連休最終日は、翌日の初登校が不安すぎて夜も眠れないほどだったのだ。

それに比べて、今はとても充実していると自信を持って言える。

「よし、また明日だ」

気合いを入れるようにそう言って、大和は軽快に歩き出した。

エピローグ　連休明けの聖女さん

翌日。

連休明けの教室は、最終日にバーベキューをしたばかりということもあり、和やかな雰囲気だった。

「クッラキ〜ン！」

「おはよう、新庄《しんじょう》」

朝から瑛太《えいた》が面倒な絡《から》み方をしてくるのも相変わらずだったが、それを大和は以前よりも鬱陶しく感じなくなっていた。

「おはよ〜」

「おはよう、環《たまき》さん」

芽衣《めい》は多数の友人たちに挨拶をしていく中で、大和に対しても同じように笑顔で挨拶をしてくる。そのことが、素直に嬉《うれ》しかった。

「おはよ、大和」

「おはよう、白瀬」

普段通りに挨拶をしてきたのは聖良だ。

いつもと同じポーカーフェイスで、昨夜の出来事などは微塵《みじん》も匂わせない。

(あの後、お姉さんとはどんな話をしたんだろう)

気になった大和は、昼休みにでも尋ねてみようと思った。


「それで、大丈夫だったのか？」

昼休みを迎え、聖良と屋上で落ち合ったところでさっそく尋ねてみた。

雲一つない晴天を聖良は眩《まぶ》しそうに見上げながら、ぼんやりと答える。

「ん、なんのこと？」

「いや、あの後お姉さんにお説教をされたんだろ」

「あー、大和のことをいろいろと訊《き》かれたよ。結構しつこかった」

「あはは……そりゃあ、大変だっただろうな」

「姉さんも大和のことを気に入ったみたいだし、正直すごくめんどくさい」

「それは俺にとっても面倒だな……」

ぷっ、と二人して吹き出す。

「そういえば、そのお姉さんから聞いたんだけど、白瀬っていろいろとすごいらしいな。なにか部活に入ったりはしないのか？」

「やらない。遊ぶ時間が減るし」

とてもストレートな理由である。

「そういう大和は？」

焼きそばパンを頬張りながら聖良が尋ねてくる。

「俺も入らなくていいよ、中学のときも帰宅部だったし。白瀬が何かやるっていうなら、考えないでもないけど」

「んー、部活はやめとこ。それより、アイスが食べたい」

「急すぎるだろ……確かに、今日は暑いけどさ」

そこで聖良はブレザーを脱ぐなり、こてんと仰向けに寝転んだ。

「あのさ、大和」

「なんだ？」

「道を踏み外すって、どういうことだと思う？」

「えっ」

唐突に問われて、大和の心臓が大きく飛び跳ねた。

聖良の姉――礼香が言っていた単語を、聖良が口にしたのだ。

まさか、あの車中での会話を聞いていたのだろうか。

「あのとき、起きてたのか？」

「半分くらいは」

正直に言われ、大和は恥ずかしさから頭を抱えた。

あのときの大和は、聖良が熟睡していると思い込んでいたので、だいぶ思いきったことを言ったつもりだ。その自覚も当然ある。

そんな思いきった発言を聞かれていたのだから、大和としては穴があったら入りたいくらいに恥ずかしかったのだが、

「ねぇ、聞いてる？」

そこで聖良から問われ、大和は気持ちを切り替えるように深呼吸をし、視線を向ける。

「ああ、道を踏み外すことだよな。それはまあ――」

深夜のゲーセン通いやカラオケオールが良《い》い例だ、と言おうとしたところで、大和の視線はある一点に注がれる。

仰向けに寝転がる聖良のブラウスの裾がめくれ上がり、白いお腹《なか》が見えていたのだ。

ほどよく引き締まったお腹にはくびれができていて、中央にある小さなおへそがなんと

も可愛《かわい》らしい。

まさに眼福と呼ぶべきそれらの光景は、初夏の到来を大和に報《しら》せているような気がして、思わず生唾を飲み込んだ。

「あー、そういうこと」

呆《あき》れたような声が聞こえたので視線を顔に向けると、聖良と目が合った。

これは間違いない、お腹を凝視していたことがバレている。

取り繕う上手《うま》い方法を思いつかなかった大和は、開き直ることに決めた。

「そうだよ、そういうことだ。不純異性交遊も不道徳の一つだからな。俺の前ではいいけど、他の人がいる前ではお腹を出したりするなよ」

「あ、開き直った」

「悪いか」

ブラウスの裾をしっかりと下ろしてから、聖良はため息交じりに言う。

「わかった、大和以外の前では出さないね」

「その言い方だと、なんかいやらしく聞こえるぞ。……というか、俺の前でも気をつけろよな。一応、俺だって男なんだから」

「わかってる。大和は男の子だもんね」

ふっと微笑《ほほえ》む聖良の姿を見て、今度は大和が大きくため息をついた。

「本当にわかっているんだか」

そんな風に言いながらも、大和は今後に思いを馳《は》せてワクワクしていた。

もちろん、自分も含めて道を踏み外さないよう気をつけるつもりだ。

これから聖女と過ごす夏がやってくる。

どんな景色を一緒に見られるのか。それを想像するだけで、今から胸の高鳴りが止まらないのだった。

あとがき

お久しぶりです。初めての方は、初めまして。戸塚陸《とづかりく》です。

この度は、『放課後の聖女さんが尊いだけじゃないことを俺は知っている』をお手に取ってくださり、誠にありがとうございます。

本作はある夜の出会いをきっかけに始まった、時にゆるく居心地の良《い》い、けれどドキドキするような交流を描いた青春ラブコメディとなっています。

作中で甘かったり爽やかだったりする、あの青春特有の空気感を少しでも感じていただけたら幸いです。

また、本作のヒロインである聖女さんこと、聖良《せいら》の尊いところもそうじゃないところも含めて、彼女との交流を楽しんでいただけたら嬉《うれ》しいです。

イラストも見どころであり、聖良のキャラデザはとても可愛《かわい》らしくしていただき、他のキャラクターもすごく魅力的にしていただきました。このイラストだけでも本作を手に取る価値は十分にあると思うので、ぜひお気軽に読んでみてください。

最後に謝辞を。

担当編集者様、そしてこの作品の出版にかかわってくださった皆様、ありがとうございます。今後ともよろしくお願い致します。

イラストを担当してくださった、たくぽん様。素敵で尊いイラストによって本作を彩《いろど》ってくださり、ありがとうございます。今後ともよろしくお願い致します。

そして読者の皆様。本作を読んでくださり、誠にありがとうございます。心から感謝しております。今後も楽しんでいただけるよう精一杯励みますので、応援していただけると嬉しいです。どうぞよろしくお願い致します。

ここまで読んでくださって、ありがとうございました。

それではまた、次巻でお会いできることを願って。

二〇二一年四月　戸塚陸

お便りはこちらまで
〒一〇二－八一七七
ファンタジア文庫編集部気付
戸塚 陸（様）宛
たくぽん（様）宛

富士見ファンタジア文庫

放課後《ほうかご》の聖女《せいじょ》さんが尊《とうと》いだけじゃないことを俺《おれ》は知《し》っている

令和３年５月20日　初版発行

著者——戸塚《とづか》 陸《りく》

発行者——青柳昌行

発　行——株式会社KADOKAWA
〒102-8177
東京都千代田区富士見2-13-3
0570-002-301（ナビダイヤル）

印刷所——株式会社暁印刷

製本所——株式会社ビルディング・ブックセンター

※定価はカバーに表示してあります。
●お問い合わせ
https://www.kadokawa.co.jp/（「お問い合わせ」へお進みください）
※内容によっては、お答えできない場合があります。
※サポートは日本国内のみとさせていただきます。
※Japanese text only

ISBN978-4-04-074150-5 C0193　◇◇◇

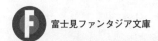

世界最強の
“不可能任務”に挑む少女たちの
痛快スパイファンタジー！
スパイ教室
竹町
illustration
トマリ

最強不敗の神剣使い
The Invincible Undefeated Divine Sword Master
リヒト
名門貴族・エスターク家の"忌み子"。周囲から無能と蔑まれ、家門を追放されるが……その身には、絶対無双の"天賦の才"が宿されている
アリアローゼ
ラトクルス王国の王女。正体を隠して旅していたところ、流浪の旅へと出立したリヒトと出会う。その胸には、とある崇高な志が秘められている
Ryosuke Hata
羽田遼亮
ill.えいひ
シリーズ好

ファンタジア文庫

辺境都市の育成者

The mentor in a frontier city

レベッカ

王国貴族の子女だったものの、政略結婚に反発し、家を飛び出して冒険者となった少女。最初こそ順調だったものの、現在は伸び悩んでいる。そんな折、辺境都市の廃教会で育成者と出会い――!?

STORY

「僕の名前はハル。育成者をしてるんだ。助言はいるかな?」

辺境都市の外れにある廃教会で暮らす温和な青年・ハル。だが、彼こそが大陸中に名が響く教え子たちを育てた伝説の『育成者』だった! 彼が次の指導をすることになったのは、伸び悩む中堅冒険者・レベッカ。彼女自身も諦めた彼女の秘めた才能を、『育成者』のハルがみるみるうちに開花させ――! 「君には素晴らしい才能がある。それを磨かないのは余りにも惜しい」 レベッカの固定観念を破壊する、優しくも驚異的な指導。一流になっていく彼女を切っ掛けに、大陸全土とハルの最強の弟子たちを巻き込んだ新たなる『育成者』伝説が始まる!

すべての最強一人の
最強は
『育成者』から生まれた――。
ハル
いつも笑顔な、辺境都市の廃教会に住む青年。ケーキなどのお菓子作りも得意で、よくお茶をしている。だが、その実態は大陸に名が響く教え子たちを育てた『育成者』で――!?
シリーズ好評発売中!

ティナ
四大公爵家の
ひとつ、ハワード家に
生まれた公女殿下。
なぜか誰でも扱える
程度の魔法すら使う
ことができない。
変える
はじめましょう
アレン
公爵令嬢ティナの
家庭教師を務める
ことになった青年。魔法
の知識·制御にかけては
他の追随を許さない
圧倒的な実力の
持ち主。
発売中!

その剣《つるぎ》
WEBで圧倒的人気の剣戟無双ファンタジー！
シリーズ好評発売中!!
月島秀一
illustration もきゅ
一億年ボタンを連打した俺は、気付いたら最強になっていた
Ichiokunen Button wo Renda shita Oreha,Saikyo ni natteita
〜落第剣士の学院無双〜

STORY

周囲から『落第剣士』と蔑まれる少年アレン。彼はある日、剣術学院退学を賭けて同級生の天才剣士と決闘することになってしまう。勝ち目のない戦いに絶望する中、偶然アレンが手にしたのは『一億年ボタン』。それは「押せば一億年間、時の世界へ囚われる」呪われたボタンだった!?　しかし、それを逆手に取った彼は一億年ボタンを連打し、十数億年もの修業の果て、極限の剣技を身に付けていき——。最強の力を手にした落第剣士は今、世界へその名を轟かせる!

十数億年の重み

ファンタジア文庫

切り拓け！キミだけの王道
ファンタジア大賞
原稿募集中！
賞金
《大賞》300万円
《金賞》50万円
《銀賞》30万円
選考委員
細音啓 「キミと僕の最後の戦場、あるいは世界が始まる聖戦」
橘公司 「デート・ア・ライブ」
羊太郎 「ロクでなし魔術講師と禁忌教典《アカシックレコード》」
ファンタジア文庫編集長
前期締切 8月末日
後期締切 2月末日
公式サイトはこちら！ https://www.fantasiataisho.com/
イラスト／つなこ、猫鍋蒼、三嶋くろね